Geheimnis und Vertrauen

Eine Geschichte.

Band 2

Elizabeth Sibthorpe Pinchard

Writat

Diese Ausgabe erschien im Jahr 2024

ISBN: 9789361465895

Herausgegeben von
Writat
E-Mail: info@writat.com

Inhalt

KAPITEL I.

——Trauern, weil ein Spatz stirbt ,
in künstlicher Ekstase schwelgen,
beklagen, wie oft ihr verwundetes Herz geblutet hat,
und prahlen mit vielen Tränen, die sie nie vergossen hat.

Miss Mores Gedicht über Sensibilität.

Am nächsten Tag, einem Sonntag, erschien Lady St. Aubyn in der elegantesten Kleidung und in Begleitung des Grafen in der Kirche. Der kostbare Spitzenschleier, der ihr schönes Gesicht beschattete und locker unter ihrer Taille hing, verhinderte, dass die Blicke der Umstehenden zu bedrückend waren. Die benachbarten Familien hatten sicherlich gehört, dass Lord St. Aubyn eine junge Person von einem viel niedrigeren Stand als seinem eigenen geheiratet hatte, denn so heimlich alles ablief, so konnte niemand den Namen oder die Familie seiner Braut nennen, so zumindest die Vermutungen derer, die ihn kannten. Doch trotz der Vorurteile, die gegen sie geschürt worden waren, überwogen die Eleganz ihrer Gestalt und die bescheidene Gelassenheit ihres Auftretens diese weitgehend, und alle, die aufgrund ihrer Lebenslage Anspruch darauf hatten, das Schloss zu besuchen, beschlossen, dies zu tun. Einige aus bloßer Neugier, andere aus weniger unwürdigen Motiven. In den drei oder vier folgenden Tagen bekam Ellen daher viele Besucher, und ihr intuitives Gefühl für Anstand verhinderte zusammen mit den wenigen allgemeinen Anweisungen, die St. Aubyn ihr gegeben hatte, und der wohltuenden Unterstützung, die er ihr durch seine respektvolle Aufmerksamkeit zukommen ließ, dass sie im Geringsten verlegen wirkte. Und diese Besuche, die sie so sehr gefürchtet hatte, verliefen mit weniger Schmerz als erwartet.

Zu ihren ersten Besuchern zählten Sir William und Miss Cecil. Ersterer war eine ganz gewöhnliche Persönlichkeit, und wenn man ihn eine Zeit lang nicht sah, hätte man leicht vergessen können, dass man ihn je gesehen hatte. Lauras feines Gesicht, ihre ausdrucksvollen Züge und die leuchtenden schwarzen Augen, die sie belebten, bezauberten Ellen, die noch nie zuvor eine so ansprechende Frau gesehen hatte. Doch Laura war nicht unbedingt schön, und zu diesem Zeitpunkt war der Glanz ihrer schönen Augen durch die Melancholie getrübt, die ihren Geist durchdrang. Sie sagte, ihre kleine Kranke sei so unpässlich und so schwach, dass sie sie nirgendwo anders hingehen lassen würde. Aber sie wünschte sich so sehr, Lady St. Aubyn vorgestellt zu werden, dass sie der Versuchung nicht widerstehen konnte.

Ihre sehr elegante Art zu sprechen, die Klarheit ihrer Aussprache und die Süße ihrer Stimme waren auffallend angenehm; und St. Aubyn sagte später, dass sie vor ein paar Jahren ein heiteres Wesen gehabt habe, belebt durch einen überlegenen Witz, mit so viel Verspieltheit im Ausdruck, dass viele Leute sie nur als lebhaftes Mädchen und ein wenig satirisch betrachteten; aber Zeit und Unglück hätten ihre manchmal zu strengen Ansichten gemildert, ihr feines Urteil verbessert und gemildert und ihrem Benehmen eine nachdenkliche Süße verliehen, die gelegentlich durch Aufblitzen ihrer früheren Fröhlichkeit und Schlagfertigkeit aufgelockert wurde. St. Aubyn schenkte ihr besondere und respektvollste Aufmerksamkeit und sagte Ellen, sie würde von Miss Cecils Zeichnungen entzückt sein, die die allerschönsten seien, die er je gesehen habe, außer aus der Hand eines bekennenden Künstlers. Dann richtete er lächelnd und mit gedämpfter Stimme einige Worte an Laura, auf die sie antwortete: „Oh, ich bitte Sie, mein Herr, entlarven Sie meine kindischen Torheiten nicht. Als wir noch Kinder waren, hätte ich so etwas vielleicht getan, aber ich hoffe, Sie halten mich jetzt für weiser!"

„Die Welt", sagte er, „hat uns beide seit den Tagen, von denen Sie sprechen, vielleicht ernster gemacht, und das wird uns in den Augen vieler zweifellos eine Zunahme an Weisheit zuschreiben; aber glauben Sie mir, meine schöne Freundin, ich habe so wenig von der Romantik der Jugend verloren (wenn Sie es so nennen wollen), dass ich hoffen muss, dass Sie das angenehme Talent, auf das ich anspielte, nicht vernachlässigen und über das Sie Lady St. Aubyn das Urteil überlassen müssen: Ich versichere Ihnen, sie hat einen großen Sinn für Poesie, und vielleicht wird sie eines Tages Ihrem Beispiel folgen und ihrerseits die Musen umwerben."

„Ach, mein Herr!", sagte Laura lächelnd und errötend: „Ich sehe, Sie sind entschlossen, mein Geheimnis nicht für sich zu behalten." „Sagen Sie mir, Ellen", sagte St. Aubyn, „sehen Sie einen Grund, warum Miss Cecil ein Geheimnis daraus machen sollte, dass ihr einige elegante kleine Gedichte sehr gut gelungen sind?" „Nein, im Gegenteil", antwortete Ellen: „Es ist sicherlich eine Gabe, für die man eher stolz als beschämt sein sollte." "Ach, meine liebe Lady St. Aubyn, wenn Sie sich die illiberale Voreingenommenheit mancher Gemüter vorstellen könnten, würden Sie sich nicht über meine Abneigung wundern, wenn über diese belanglosen Versuche gesprochen wird. Eine Dame, die ich kannte, die in dieser Hinsicht außerordentlich begabt war und tatsächlich auch eine ausgezeichnete Prosaschriftstellerin war, war aus den Umständen heraus gezwungen, weniger gewissenhaft zu sein als ich; und wenn Sie hätten hören können, was ich erlebt habe, wenn sie einen Raum betrat oder verließ, wären Sie erstaunt: während sie, sanft, bescheiden und sogar schüchtern, jeden offen beurteilte, nicht bereit war, Fehler zu sehen und persönliche Satire verabscheute, nicht die geringste Ahnung von den strengen und unaufrichtigen Bemerkungen hatte, die sie hervorrief."

Ellen war wirklich erstaunt über diesen Bericht, so sehr sie sich auch über den Geist und die Anmut freute, mit der er vorgetragen wurde; und St. Aubyn sagte mit einem ausdrucksvollen Lächeln zu ihr: „Sehen Sie, Ellen, unser Freund Ross hatte mehr Gründe für *gewisse Verbote, als wir ihm zugestehen wollten*. Doch", fügte er hinzu , „ich werde die Hoffnung nicht aufgeben, dass Miss Cecil bald erkennen wird, wie wenig sie von Bemerkungen dieser Art von *Ihnen zu befürchten hat*." „Ich sehe es bereits", sagte Miss Cecil rasch: „Ein Blick auf Lady St. Aubyn würde auch den Ungläubigsten davon überzeugen, dass in einem solchen Tempel nichts als Süße und Aufrichtigkeit zu finden ist."

Sie sah dann auf ihre Uhr, sagte, sie hätte ihre Zeit deutlich überschritten und Juliet würde sie erwarten, und ging mit ihrem Vater, der gerade damit beschäftigt war, Doktor Montague einen langen Bericht über eine Bezirksversammlung zu geben, die vor einigen Tagen zu einem öffentlichen Zweck abgehalten worden war. Sie waren kaum aus der Tür gefahren, als Miss Alton angekündigt wurde ; und als sie eintrat, flüsterte St. Aubyn Ellen zu: „Jetzt werden Sie eine Ihnen völlig neue Persönlichkeit kennenlernen." Dann stand er hastig auf, durchquerte den Raum, um die Dame zu treffen , und rief aus: „Himmel! Meine liebe Miss Alton, wie entzückt bin ich, Sie so gut aussehen zu sehen! Sie verbessern sich wirklich jeden Tag, zumindest jedes Jahr: denn ich glaube, es ist mindestens so lange her, seit ich Sie das letzte Mal gesehen habe." „Oh, mein Herr", antwortete die Dame in affektiertem Ton, aber mit einer Stimme, deren natürliche Schärfe all ihre Bemühungen nicht mildern konnten; „Sie schmeicheln – versuchen Sie nicht, mich eitel zu machen. Herr segne mich, Sie Männer haben kein Erbarmen mit uns armen jungen Frauen: aber wollen Sie mich nicht Ihrer Herrin vorstellen?"

Ellen, die sich aus der Entfernung, aus der sie diese Besucherin zum ersten Mal gesehen hatte, eingebildet hatte, sie sei wirklich jung und hübsch, war beim Näherkommen erstaunt, in dem weißen Kleid, der Schärpe, den Locken und dem kleinen Strohhut eines Mädchens eine Frau zu sehen, die offenbar zwischen fünfzig und sechzig war und die vergeblich versuchte, mit einer Menge *Rouge* und einem dünnen Schleier, den sie über ihr Gesicht warf, die Spuren zu verbergen, die die Zeit in ihrem Gesicht hinterlassen hatte. Ihre hagere Figur verlieh ihr eine gewisse Ähnlichkeit mit jugendlicher Schlankheit; aber aus der Nähe bewiesen die scharfen Knochen und kantigen Vorsprünge ihres Gesichts und ihrer Person hinreichend, dass ihr schlankes Aussehen das Ergebnis mageren Alters und nicht mädchenhafter Zartheit war. Trotz der fortgeschrittenen Jahreszeit war sie so leicht gekleidet, dass sie noch immer unter dem Eindruck der scharfen Brise fröstelte, die sie beim Durchqueren des Parks angegriffen hatte, und nahm gern einen Platz am gemütlichen Feuer ein, obwohl sie vorgab, ihre Leiden unter einer Aura der Fröhlichkeit und Leichtigkeit zu verbergen.

St. Aubyn (der sie seit vielen Jahren kannte und von Kindheit an daran gewöhnt war, sich über ihre Schwächen zu amüsieren, obwohl er in Wirklichkeit eine gewisse Hochachtung für sie empfand, da sie trotz ihrer Eigenheiten auch einige gute Eigenschaften besaß) stellte sie seiner Braut vor, setzte sich neben sie und begann in einem Tonfall von so ausgeprägter Schmeichelei mit ihr zu reden, dass Ellen wirklich erschrak, da sie dachte, Miss Alton würde sich sicherlich beleidigt fühlen; aber ihre enorme Eitelkeit verhinderte, dass sie bemerkte, dass er sie bloß auslachte, und sie wurde mit jedem Augenblick lächerlicher. Schließlich wandte sie sich an Ellen und sagte in mitleiderregendem Ton: „Oh, meine liebe Dame, Sie können sich nicht vorstellen, was ich in diesen zwei Tagen für Sie empfunden habe! Ich muss gestehen, dass ich vor lauter Gedanken an Sie nicht schlafen konnte und wirklich Tränen vergossen habe, als ich mir vorstellte, was für eine Last Sie zu tragen hatten: Wie ermüdend muss es für Sie gewesen sein , so viele Besucher zu empfangen! Aber jeder muss doch ein Problem haben. Da ist meine liebe Freundin, Mrs. Dawkins, die beste aller Frauen – eine wirklich süße Frau – und da beklagt sie zu Hause einen solchen Ärger!" „Was ist los?", fragte St. Aubyn lachend, denn er wusste, welche Art von Unglück Mrs. Dawkins und ihre Freundin Miss Alton im Allgemeinen mit so viel Mitleid beklagten: „Hat sie ihren kleinen französischen Hund verloren oder hat der unvorsichtige Kutscher die Paneele ihrer neuen Kutsche zerkratzt?" „Oh, du trauriger Mann! Wie kannst du dich über die ungewöhnliche Sensibilität dieser lieben Seele lustig machen? Sie hat gewiß die zärtlichsten Gefühle. Sie sagt oft zu mir: ‚Mein lieber Alton, was sollte ich ohne dich tun? Du bist der einzige Mensch, der wirklich Mitgefühl für das Unglück eines Freundes empfinden kann.' Süße Frau!"

„Nun, aber", sagte St. Aubyn, „Sie wollten uns erzählen, was mit diesem *liebenswürdigen Freund* von Ihnen passiert ist."

"Nein, ich werde es Lady St. Aubyn erzählen, sie sieht aus wie eine Sanftmut und Sensibilität, aber Sie sind so böse, Sie machen sich über alles lustig. Wissen Sie, meine liebste Lady St. Aubyn, gerade als die arme Mrs. Dawkins heute Morgen kam, um Sie zu besuchen, war sie tatsächlich angezogen und hatte einen Fuß auf der Trittstufe der Kutsche, *ich* saß darin, denn sie war so freundlich zu sagen, dass sie mich mitnehmen würde; also dachte ich, da ich mit ihr kommen sollte, müsste ich keine Pelisse oder keinen Schal anziehen, denn Sie wissen ja, dass sie einem die Kleidung verderben. Aber ich kann nicht sagen, dass es nicht ziemlich kalt war, zu gehen, was ich schließlich auch tun musste, denn *gerade* als sie ihren Fuß auf die Stufe setzte –" „Was ist passiert?" unterbrach ihn St. Aubyn und lachte noch mehr über die nachdrückliche Art, in der der arme Alton ihre beunruhigende Geschichte erzählte. – „Ist sie hingefallen und hat sich das Bein gebrochen, oder sind die Pferde weggelaufen und haben ihr den Ziegenschuh weggetragen?" – „Jetzt hören Sie ihm nur zu; haben Sie jemals solch ein neckisches Geschöpf gesehen? Nun, ich bin froh, dass *ich* nicht die Aufgabe habe, Sie zur Ordnung zu rufen; ich weiß nicht einmal, was die süße Gräfin mit Ihnen machen wird."

Diese Selbstbeweihräucherung löste bei St. Aubyn einen heftigen Lachanfall aus, in den sogar der ernste Doktor Montague einstimmte, und Ellen konnte sich kaum zurückhalten, obwohl die Angst, ihren Gast völlig zu beleidigen, ihre Lachlust im Zaum hielt.

„Nun", sagte St. Aubyn, der sich schließlich ein wenig erholt hatte, „aber was ist wirklich mit der armen Mrs. Dawkins passiert?"

„Nein, ich protestiere, ich werde es Ihnen nicht sagen, Sie böses Geschöpf. Ich werde es Lady St. Aubyn ein anderes Mal erzählen, denn Sie verdienen es nicht, irgendetwas davon zu hören."

„Oh ja, erzählen Sie es mir, mein lieber Alton, denn es tut mir wirklich sehr leid um die arme Mrs. Dawkins, die so lange mit einem Fuß auf der Stufe gestanden hat: Lassen Sie sie nicht länger in einer so gefährlichen Lage." – „Nun, wenn ich es erzählen muss – in diesem Moment kam eine Dienerin zu Pferd angeritten und sagte, ihre Schwester, Mrs. Courtenay, sei auf dem Weg zu ihrem eigenen Haus, auf dem Weg von Buxton, und würde heute mit einem ganzen Gefolge von Kindern und Dienern bei ihr zu Abend essen; und da sie direkt kamen, war sie tatsächlich gezwungen, ihren Besuch bei Ihrer Ladyschaft auf morgen zu verschieben; und es tat ihr so leid, und ich bin sicher, mir ging es genauso, denn ich musste schließlich zu Fuß hierher gehen."

„Nun, aber", sagte Lord St. Aubyn, „trotz dieses schrecklichen Schocks für ihre Gefühle hätte sie die Kutsche mit *Ihnen schicken können*." – „Ja, das hätte sie sicher tun können; aber die arme liebe Seele, sie war so in Aufruhr, dass sie nicht daran dachte; manche Leute glauben nicht – meine Güte, wenn ich eine eigene Kutsche hätte, wäre ich froh, sie meinen Freunden nützlich zu machen, und würde sie nicht zwei oder drei Meilen bei warmem Wetter zu Fuß braten oder mitten im Winter durch den Schlamm waten lassen." – „Das glaube ich Ihnen", sagte St. Aubyn; denn trotz all ihrer Schwächen wusste er, dass Miss Alton wirklich gutmütig und zu guten Taten bereit war.

„Nun, meine liebe Miss Alton, wenn Sie uns mit Ihrer Gesellschaft beehren und mit uns zu Abend essen, wird Lady St. Aubyn Sie, da bin ich mir sicher, gern in ihrer Kutsche nach Hause schicken; und ich verspreche Ihnen, wenn der Prinz uns persönlich besuchen sollte, sollte Sie das nicht daran hindern, es zu tun."

Ellen folgte dieser Einladung, und die glückliche Miss Alton nahm sie bereitwillig an. Schon nach kurzer Zeit empfand Ellen sie als erträglichere Gesellschafterin als erwartet.

Miss Altons besondere Leidenschaft galt dem Zusammensein mit Leuten, die ein elegantes Leben führten; wenn diese einen Titel hatten, umso besser; und da sie alles tat, um sich nützlich zu machen, und wusste, wie man die kleinen Aufmerksamkeiten zukommen lässt, die jeder gerne hat, war sie im Allgemeinen so angenehm oder unentbehrlich, dass sie in fast alle angesehenen Häuser der Nachbarschaft Einzug erhielt. Der Eintritt in St. Aubyn Castle war der Höhepunkt ihrer Ambitionen. St. Aubyns Mutter, die viel auf dem Land lebte, hatte Miss Alton als Mädchen stets auf vertrautem Fuß empfangen; die alte Dame liebte Handarbeiten, und Alton half mit der geduldigsten und humorvollsten Art dabei, die Unterarbeit für Teppiche, Brücken usw. auszufüllen oder war jederzeit bereit, einen Whist- oder Quadrille-Tisch vorzubereiten; So verbrachten sie in jenen Tagen sehr oft ein oder zwei Wochen zusammen im Schloss, wo St. Aubyn sie in seinen Ferien regelmäßig traf und sich über ihre Schwächen amüsierte, obwohl er ihr gegenüber immer eine gewisse Hochachtung empfand, ein Glück, das ihr durch den Tod der alten Gräfin genommen worden war und das sie seither nie aufgehört hatte zu bedauern; denn obwohl ihre anderen Verbindungen respektabel waren, besaßen sie weder ein so großes Vermögen noch ein so großes Ansehen wie die St. Aubyns, und ihre Freude war groß, als sie sich erneut als eingeladener Gast im Schloss wiederfand.

Bei ihren anderen Freunden war sie, da ihr geringes Einkommen es ihr bei Weitem nicht erlaubte, deren Höflichkeiten mit gleicher Münze zu erwidern, dennoch immer gut aufgenommen, denn es gab nichts, was sie nicht tun wollte: Eine Dame schickte sie, wenn es ihr nicht gut genug ging, selbst hinzugehen, in ihrer Kutsche los, um sich nach dem Ruf eines Dienstboten zu erkundigen; eine andere äußerte in ihrem Beisein den Wunsch nach etwas Wild oder Obst für eine Dinnerparty, und Miss Alton machte sich am nächsten Morgen auf den Weg, „um ihr Glück zu versuchen", wie sie es nannte, indem sie einige der vornehmeren Häuser besuchte, mit denen sie bekannt war, und *sich wünschte*, sie wüsste, wo sie einen Hasen oder eine Ananas bekommen könnte (je nachdem, was sie brauchte), „um einer Freundin einen Gefallen zu tun, der sie viele Gefallen schuldete". Die gutmütige Zuhörerin war im Allgemeinen, wenn möglich, bereit, „dem armen Alton" einen Gefallen zu tun; oder wenn sie dort keinen Erfolg hatte, wanderte sie ein oder zwei Meilen weiter und konnte im schlimmsten Fall mit Recht damit prahlen, welche Mühe sie sich gemacht hatte, selbst wenn sie keinen Erfolg hatte.

Wenn eine prominente Freundin in London einen billigen Besatz oder etwas Passendes zu einem Seiden- oder Spitzenstück brauchte, jedoch nicht gern selbst in kleine Läden ging, nahm Alton eine Droschke oder ging zu Fuß, wenn das Wetter es erlaubte, und ruhte nicht, bis sie das gewünschte Kleidungsstück besorgt hatte.

Auf diese und ähnliche Weise hatte sie eine Menge bedeutender Bekanntschaften gemacht und sich durch die manchmal etwas zu langen Besuche bei ihnen ein kleines Einkommen *erarbeitet*. – Sie hatte sich so einige amüsante Anekdoten angeeignet und war alles andere als eine unangenehme Gesellschaft, besonders wenn ihr keine männlichen Wesen über den Weg liefen; aber in der Gegenwart von Männern nahmen Eitelkeit und Affektiertheit so sehr von ihr Besitz, dass sie völlig lächerlich wurde. Dies konnte Lady St. Aubyn beobachten: Als vor dem Essen zufällig zwei oder drei Herren vorbeikamen, änderte sich ihr ganzes Benehmen und sie wurde wirklich lächerlich: Ihre Stimme wurde sanfter – ihr Kopf lag auf einer Schulter – ihre Hände und Arme waren in jeder erdenklichen Stellung zu sehen und sie benahm sich in jeder Hinsicht wie ein sehr albernes, affektiertes Mädchen. Aber als sie gegangen waren, war sie wieder einigermaßen gesprächig, und St. Aubyn hörte auf, ihre Schwächen auszunutzen und lenkte das Gespräch auf solche Themen, die sie am ehesten von ihrer besten Seite zeigen konnten, und so vergingen der Nachmittag und der Abend recht angenehm. Auch hatte St. Aubyn keine Skrupel, Ellen nach und nach an die Gesellschaft von Gästen zu gewöhnen oder seiner Tafel Ehre zu erweisen, bevor sie gezwungen waren, die benachbarten Familien zum Abendessen zu empfangen, von denen er wusste, dass viele von ihnen (insbesondere zwei oder drei Damen mit unverheirateten Töchtern) eifrig auf jede noch so kleine Auslassung bei ihr achten würden, während Miss Alton so entzückt war von den guten Dingen vor ihr (sie war sicherlich eine *kleine Feinschmeckerin*) mit dem schönen neuen Porzellanservice, dem reichen Silbergeschirr usw. usw., dass sie überhaupt nicht an ihre Gastgeber dachte, außer um ihre Freude über deren Freundlichkeit und Aufmerksamkeit auszudrücken: und diese schickten sie am Abend vollkommen glücklich nach Hause, und sie wollte der lieben Mrs. Dawkins unbedingt erzählen, was für einen wunderbaren Tag sie verbracht hatte, wie glücklich der Earl war, sie zu sehen, was für eine *nette Frau* die Gräfin war und was für schönes Porzellan! was für ein Dessert! was für eine elegante neue Kutsche! usw. usw.

KAPITEL II.

Und doch leb wohl, du Harfenmusikant,
und vergib mir noch einmal meine schwache Macht,
und ich kümmere mich wenig um die scharfe Kritik, die
ich vielleicht müßig an einem müßigen Lied herumnörgeln kann.
Viel habe ich deinen Worten auf dem langen Lebensweg zu verdanken,
durch geheime Leiden, die die Welt nie gekannt hat,
als in der mühseligen Nacht ein mühseligerer Tag anbrach
und der Kummer, der allein verschlungen wurde, bitterer war.

W. SCOTT.

Der nächste Monat verging mit Besuchen und Gegenbesuchen; und der angenehmste unter ihnen war ein geselliger Tag in Rose-Hill, dem Sitz von Sir William Cecil. Miss Cecil versprach, dass Ellen Juliet sehen würde, wenn es ihr seit einiger Zeit leidlich gut ginge und dies auch weiterhin so bleiben würde; obwohl sie sehr selten Gesellschaft zuließ: „Aber ich habe so viel von Ihnen gesagt", sagte Laura, „dass sie Sie unbedingt sehen möchte; und ich möchte sie besonders gerne mit Ihnen bekannt machen, da es ihr bestimmt Freude bereiten und uns helfen wird, oft zusammen zu sein." Als sie nach dem Abendessen die Herren verließen, führte Miss Cecil Lady St. Aubyn zu Juliets Zimmer.

Noch nie hatte Ellen ein so interessantes Wesen gesehen: Dieses schöne, nun etwa fünfzehnjährige Geschöpf war ein Musterbeispiel an Schönheit und Symmetrie. Obwohl sie so zart gebaut war, erschien sie „wie eine feenhafte Erscheinung oder ein leuchtendes Geschöpf der Elemente". Ihre Wangen waren leicht von hektischer Röte überzogen, ihre Augen strahlten von strahlendem Glanz, ihre Lippen wie Korallen und ihre Zähne waren perlweiß. Ihr blondes Haar war von einer feinen Spitzenkappe bedeckt, und ihre zerbrechliche Gestalt war in einen großen Schal gehüllt.

„Meine Liebe", sagte Laura, „hier ist Lady St. Aubyn, die so freundlich ist, Sie zu besuchen."

Julia streckte ihre weiße Hand aus und sagte mit einer Stimme von eigentümlicher Harmonie, während sie gleichzeitig ihre funkelnden und durchdringenden Augen auf Ellens Gesicht richtete, als wolle sie ihr Herz in ihrem Gesicht lesen: „Laura sagt, sie liebt dich bereits, und ich bin sicher, das werde *ich* auch." Die schlichte Naivität ihrer Stimme und ihres Benehmens berührte Ellen zutiefst, die nicht anders konnte, als sie zärtlich zu umarmen, während sie spürte, wie ihr die Tränen in die Augen stiegen, als sie jemanden sah, der so jung und schön war und dessen Gesundheit so prekär war.

Nach einer kurzen Unterhaltung legte Ellen ihre Hand zufällig auf ein kleines Buch, das halb von einem der Kissen auf Julias Couch verdeckt lag, und sagte mit jener angeborenen Höflichkeit, die sie immer davor bewahrte, unhöflich oder aufdringlich zu sein: „Darf ich mir das Thema Ihrer Studien ansehen?" „Ja ", sagte Julia mit einem engelsgleichen Lächeln, „wenn es Ihnen recht ist." Ellen öffnete das Buch. Es war in einer ihr völlig unbekannten Schrift verfasst. „Lesen Sie Griechisch?", fragte die schöne Julia mit einer Einfachheit und Absichtslosigkeit, die bewies, dass ihre Frage ernst gemeint war; und diese Befragung, die von den meisten Leuten an eine junge Frau absolut lächerlich gewesen wäre, schien bei Julia lediglich ein natürlicher Wunsch zu sein, zu wissen, ob ihre neue Freundin das Buch, das sie in der Hand hielt, genauso gut lesen konnte wie sie selbst; denn so seltsam es auch erscheinen mag, es war eine Ausgabe des Neuen Testaments in Griechisch; und Julia las es so leicht, als wäre es Englisch gewesen.

„Meine liebe Juliet", sagte Laura, „nur wenige Frauen studieren diese Sprache; ich schließe daher daraus, dass Lady St. Aubyn sie ebenso wenig kennt wie ich." „Oh, ich wünschte, Sie beide wüssten das", sagte Juliet: „Wenn Sie nur wüssten, welche Freude ich empfinde, wenn ich die Heilige Schrift in ihrer Originalsprache lese! – Wenn ich bis zum nächsten Sommer lebe, hoffe ich, dass mir die hebräische Bibel so vertraut sein wird wie dieses Buch jetzt."

Es ist unmöglich, der vollkommenen Unschuld und Arglosigkeit, mit der sie sprach, in Worte zu fassen. Sie schien ihre eigenen wunderbaren Fähigkeiten für nicht außergewöhnlicher zu halten als andere Mädchen, die eine Zeitung lesen oder ein Taschentuch führen können. Nicht die geringste Spur von Affektiertheit oder Pedanterie war in ihrem Benehmen zu erkennen. Ihre Stimme und ihr Tonfall waren kindlich und standen in krassem Gegensatz zu den Themen, über die sie sprach. Laura wollte Ellen zeigen, was für ein wunderbares Geschöpf sie war, und brachte sie dazu, über Astronomie zu sprechen. Und da zufällig ein Himmelsglobus auf einem Tisch vor ihr stand, stellte sie nach und nach ihre außerordentlichen Kenntnisse in dieser Wissenschaft zur Schau – über die Abmessungen und Bewegungen der Himmelskörper, ihre Entfernungen von der Sonne und voneinander usw. All dies erklärte sie auf die klarste und anschaulichste Weise, wobei sie so treffende Anspielungen auf die Dichter machte, die das Thema berührt hatten, und es durch so treffende Vergleiche illustrierte, dass ihre Vorstellungskraft ebenso brillant war, wie die Berechnungen, die sie bereitwillig anstellte, bewiesen, dass ihr Gedächtnis genau war.

Lady St. Aubyn, die sich seit ihrer Heirat in jeder freien Stunde mit dem Studium dieses und anderer interessanter und nützlicher Wissensgebiete beschäftigt hatte , konnte den Wert und Umfang der außerordentlichen Kenntnisse dieses süßen Mädchens bis zu einem gewissen Grad einschätzen und war völlig bewundert über ihre Fähigkeiten und den Fleiß, mit dem sie diese trotz ihrer schlechten Gesundheit kultiviert hatte.

An diesem Tag ging es Julia ungewöhnlich gut, denn im Allgemeinen lehnte sie jede Unterhaltung ab und verbrachte die meiste Zeit mit dem Studium der Heiligen Schrift, mit Andachtsübungen und mit der Förderung aller Pläne zur Unterstützung der Armen, an denen sie sich aufgrund ihrer Gesundheit beteiligen konnte. Ihre frühe Frömmigkeit und umfassende Wohltätigkeit waren nämlich ebenso bemerkenswert wie ihre anderen Errungenschaften wunderbar waren. An diesem Tag jedoch ging es ihr so gut, dass sie sich auf Lauras Bitten , der sich Ellen aufrichtig anschloss, an eine Kammerorgel setzte, die in ihrem Zimmer stand. Sie spielte mit großem Geschmack und Geschick und ließ sich schließlich dazu überreden, sie mit einer Stimme von engelhafter Süße zu begleiten.

Sie sang ausschließlich geistliche Musik und erfreute Ellen nun mit „Engel immer hell und schön" und „Ich weiß, dass mein Erlöser lebt". Und während ihre reinen Lippen diese erlesenen Beispiele musikalischer Inspiration hervorbrachten, verankerte und heiligte der sanfte und fromme Ausdruck ihres himmlischen Antlitzes sie für immer im Gedächtnis ihrer Zuhörer.

Für Ellen kam sie kaum wie ein Wesen von dieser Welt vor, und ihr junges, enthusiastisches Herz war erfüllt von der zärtlichsten Liebe zu jemandem, der alles übertraf, was sie sich hätte vorstellen können.

Von diesem Tag an verbrachten die St. Aubyns und Cecils einen großen Teil ihrer Zeit zusammen, und die hochkultivierten Manieren von Miss Cecil, ihr ausgezeichnetes Urteilsvermögen und ihr feiner Geschmack kamen Lady St. Aubyn äußerst zugute. Ohne ihre natürliche Anmut und süße Einfachheit zu verlieren, eignete sie sich allmählich mehr von jenem Stil an, der sowohl die Frau von Welt als auch die Besitzerin intellektuellen Wissens auszeichnet; sogar ihre Schönheit nahm mit der zunehmenden Intelligenz ihres Geistes und der Gelassenheit ihres Herzens zu; denn jetzt fühlte sie sich zum ersten Mal vollkommen glücklich; kaum eine Wolke überschattete sie.

St. Aubyn war von Tag zu Tag liebevoller und aufmerksamer und zeigte sich von Tag zu Tag zufriedener und erfreuter mit seiner Wahl. Jene Anflüge von Aufregung und Niedergeschlagenheit, die bei ihrer ersten Begegnung so häufig in ihm aufgetaucht waren, waren jetzt nur noch sehr selten zu sehen. Er erhielt häufig Briefe aus Spanien, von denen er Ellen erzählte, sie seien von seinem Freund, dem Marquis von Northington, der sich dort in diplomatischer Angelegenheit befinde und mithilfe seiner weitreichenden Verbindungen auf dem Kontinent nach einer Person suche, die allein einige mysteriöse Umstände von größter Bedeutung für *ihn aufklären könne* . „Aber wenn er gefunden wird", sagte St. Aubyn eines Tages, als er allmählich dazu gebracht wurde, über dieses Thema zu sprechen – „wenn er gefunden wird, falls das jemals passieren sollte, weiß ich nicht, ob er sich dazu bewegen lässt, das preiszugeben, von dem ich allen Grund zu der Annahme habe, dass nur er es sagen kann. Er ist ein Schurke!" – (und St. Aubyns Körper bebte vor unterdrückter Wut) „und er wird vielleicht aus Angst oder Rache zu dem anderen Unrecht, das er mir zugefügt hat, noch mehr hinzufügen, indem er mir diese Information vorenthält, die allein *meinen Ruhm* , vielleicht *mein Leben , sichern kann* ."

Noch nie zuvor hatte er so viel und so ruhig über dieses interessante Thema gesprochen. Und als er sah, dass Ellen mit großer Spannung zuhörte und bei seinen letzten Worten zitterte und blass wurde, fügte er hinzu:

"Fürchte dich nicht, meine Liebe: Um deinetwillen werde ich alle notwendigen Vorsichtsmaßnahmen treffen; und sollte ich den Feind finden, der schon lange, wenn auch höchst ungerecht, damit gedroht hat, an mir eine Tat zu rächen, die zwar schrecklich ist, deren Urheber ich aber nicht war – sollte ich feststellen, dass er immer noch zu rachsüchtigen Maßnahmen entschlossen ist, werde ich für eine Weile auf den Kontinent übersiedeln, bis eine Einigung erzielt werden kann. Auf jeden Fall, meine Ellen, denke daran, dass du versprochen hast, *mich für unschuldig zu halten* . Im Laufe des nächsten Sommers wird dieser Feind (der, ach! und das ist nicht die geringste Härte in meinem eigensinnigen Schicksal, mich in jeder Hinsicht als Freund und Vater betrachten sollte) in England sein, und ich werde vielleicht in der Lage sein, seinen Geist von jenen bösen Eindrücken zu befreien, mit denen eine unglückliche Kette von Umständen ihn geprägt hat – Eindrücke, die er in früher Jugend erhalten hat und die er seitdem immer gehegt und mit dem entschlossensten Groll gegrübelt hat."

In diesem Augenblick, als St. Aubyn zum ersten Mal geneigt schien, seiner Frau sein ganzes Herz auszuschütten und ihr eine Geschichte zu erzählen, die sie so sehr interessierte, wurden sie von einem Diener unterbrochen, der Mrs. Dawkins und ihre zärtliche Freundin Miss Alton ankündigte, die mit einer ganzen Reihe mitfühlender Gefühle und Bewunderungsbekundungen aller Art bewaffnet waren, um Lady St. Aubyn zu unterhalten.

Vieles war geschehen, seit sie sie das letzte Mal gesehen hatten: Pferde waren hinkend, Diener unverschämt, Regenschauer hatten in den ungünstigsten Momenten niedergeprasselt, sogar ein Abendessen, das eine ganze Woche Vorbereitungszeit gekostet hatte, war verdorben, weil die Köchin das Wildbret unachtsam zu lange gebraten hatte; kurzum, alle kleinen Übel des Lebens hatten sich gegen den Frieden der armen Mrs. Dawkins gestellt, und selbst die mitfühlende Miss Alton konnte kaum mithalten, wenn sie so viele Klagen für eine so traurige Liste von Nöten anstimmen wollte. Sie kämpfte sich jedoch durch, so gut sie konnte, und wo ihr die Worte fehlten, setzte sie stattdessen Achselzucken, Seufzer und die ganze Artillerie der Gestikulation ein .

Was wurde dann aus der armen Ellen, die inmitten dieses abwechselnden Lärms aus Klagen und Mitleid bestenfalls „mit trauriger Höflichkeit und schmerzendem Kopf" dasitzen konnte? Doch Mrs. Dawkins war von vornherein dazu bestimmt, alles zu mögen und sich über alles zu freuen, was die reizende Gräfin tat oder unterließ, und deutete das Schweigen und die Einwilligung, mit der sie alles hörte, als freundlichste Aufmerksamkeit und zuvorkommendste Sorge um die Sorgen ihrer Freunde.

Glücklicherweise unterbrach das Eintreffen eines Sandwichtabletts dieses melancholische Duett etwas; und die ausgezeichneten Gewächshausfrüchte , der gehaltvolle Kuchen usw. schienen gerade rechtzeitig zu kommen, um die beiden Damen nach so viel Anstrengung zu erfrischen. Schließlich verabschiedeten sie sich, aber der Moment des Vertrauens war vorbei; tatsächlich war St. Aubyn, der nicht zu Scherzen aufgelegt war, durch die eine Tür geflohen, als sie durch die andere eintraten: natürlich wurde das Gespräch dann nicht wieder aufgenommen.

Um den Lauf der Erzählung nicht zu unterbrechen, haben wir an entsprechender Stelle versäumt, zu erwähnen, dass Lord und Lady St. Aubyn gleich nach ihrer Ankunft im Schloss erläuternde Briefe an Powis und Joanna geschrieben hatten und dass er Mr. Ross gestattet hatte, den wahren Rang und Titel der Person, die Ellen geheiratet hatte, zu veröffentlichen, der nur ihm bekannt war.

Wir wollen hier nicht das Erstaunen beschreiben, das diese Nachricht bei den Einwohnern von Llanwyllan auslöste: Der ehrliche und anspruchslose Powis erklärte, es wäre ihm viel lieber gewesen, Ellen hätte einen Mann geheiratet, der ihrem eigenen gesellschaftlichen Rang näher stünde, denn er fürchte, das arme liebe Kind würde sich unter so feinen Leuten und in einem so großen Haus verloren fühlen. Er fürchtete, selbst wenn er so weit reisen könnte, an einen so prachtvollen Ort wie das Schloss, das sie beschrieb, nicht zu gehen. Außerdem fürchtete er, sie würden sich schämen, einen so rohen, unwissenden Kerl wie ihn in ihrer feinen Gesellschaft zu sehen. Und wenn Ellen es nicht für nötig hielte, ihn Vater zu nennen, würde er sich wünschen, im Grab zu liegen.

Bei diesem schmerzlichen Gedanken traten ihm die Tränen in die Augen, und der gute Ross konnte seine Befürchtungen, von seinem einzigen Kind im Stich gelassen zu werden , kaum zerstreuen, indem er ihn an ihre hervorragenden Eigenschaften und ihre zärtliche Zuneigung zu ihm erinnerte und an die Freundlichkeit, mit der Lord St. Aubyn ihn während seiner gesamten Bekanntschaft behandelt hatte.

Mrs. Ross war zehnmal so beschäftigt wie zuvor; sie konnte nicht ruhen, bis sie die überraschenden Neuigkeiten jedem erzählt hatte, den sie traf, und zwischendurch schalt sie Mr. Ross heftig, weil er sie nicht in das Geheimnis eingeweiht hatte, als sei sie in puncto Verschwiegenheit und Umsicht nicht so vertrauenswürdig wie jeder andere; „sie, die Ellens Mutter gewesen war, war keine Klatschtante und kümmerte sich nur um ihre eigenen Angelegenheiten!" Aber als er sie daran erinnerte, dass nicht einmal Ellen, so sehr sie auch interessiert war, davon erfahren durfte, musste sie zugeben, dass sie kein großes Recht hatte, besser informiert zu werden.

Joanna hingegen war mit der natürlichen Eitelkeit der Jugend über alle Maßen begeistert von dem Gedanken, dass ihre liebe Ellen eine *richtige Dame sei* , und von der Hoffnung, sie eines Tages in ihrem schönen Schloss zu besuchen und all ihre schönen Sachen zu sehen, während Mrs. Ross keinen Zweifel daran ließ, dass Ellen für jeden Tag der Woche ein Kleid hatte und ihre Hauben mit edler Spitze besetzt waren; dann lachte sie bei der Erinnerung, dass sie einmal „Ellen dafür gescholten hatte, dass sie ihr bestes weißes Kleid anzog, als sie Mr. Mordaunt, wie wir ihn nannten, erwartete, und jetzt würde es mich nicht wundern, wenn sie sich morgens genauso gut kleidet!" – „Liebe Mutter", sagte Joanna, die sich aufgrund der geringen Vorstellung, die sie von der Welt hatte, als sie mit St. Aubyn und Ellen nach Carnarvon fuhr, einbildete, in Modefragen besser unterrichtet zu sein – „liebe Mutter, ich vermute, sie trägt solche Kleider überhaupt nicht; es würde mich nicht wundern, wenn ihre Zofe genauso gut gekleidet wäre: ich bin sicher, ich habe in Carnarvon eine Zofe auf einer Reisekutsche gesehen, die viel besser gekleidet war als wir beide." „Na, du meine Güte, was soll nur aus der Welt werden", sagte Mrs. Ross, „ wenn solche Leute weiße Kleider und Flatterröcke tragen!" Ach, die arme Mrs. Ross! Hätte sie ein paar Zofen sehen können! –

All diese Dinge erzählte Joanna Ellen in einem Brief, dem längsten, den sie je geschrieben hatte, und St. Aubyn war sehr amüsiert über die Einfachheit ihrer Ideen. Der gute Ross schrieb an St. Aubyn und drückte seine hohe Zufriedenheit über die sehr gerechte und ehrenhafte Art und Weise aus, in der er alle seine Verpflichtungen gegenüber Ellen erfüllt hatte, und bat darum, von Zeit zu Zeit zu hören, was sich hinsichtlich jener wichtigen Umstände ergeben könnte, die der Earl ihm die Ehre erwiesen hatte, ihm anzuvertrauen.

„Was können wir für diese sehr guten Menschen tun, meine liebe Ellen?" sagte St. Aubyn: „Sie haben keine Wünsche oder Bedürfnisse, die über ihre gegenwärtigen Besitztümer hinausgehen. Wenn ich ihnen irgendwelche Luxusartikel oder Mittel zur Erhöhung ihrer gegenwärtigen Ausgaben schicke, weiß ich nicht, ob ich sie glücklicher machen würde. Ich könnte Herrn Ross leicht einen wertvollen Lebensunterhalt verschaffen und sagte ihm das auch; aber er versicherte mir, dass ihn nichts dazu bewegen würde, seine gegenwärtige Herde zu verlassen, und dass er nicht den Wunsch hätte, in eine höhere Sphäre aufzusteigen oder irgendetwas auf der Welt zu wollen, außer ein paar weitere Bücher; und für diese habe ich eine Bestellung an meinen Buchhändler geschickt und darum gebeten, dass sie sofort nach Carnarvon geschickt werden. Ich werde Ross auch eine größere Zahlung für meine gute alte Wirtin und Köchin, Dame Grey, beilegen, als ich es für ratsam hielt, zu zahlen, während wir in Llanwyllan blieben. Fällt meiner Ellen sonst noch etwas ein?" – „Es gibt", antwortete Ellen leise, „einige sehr arme Leute in Llanwyllan, zu denen Joanna und ich so freundlich waren, wie wir konnten. Ich würde gerne, wenn Sie damit einverstanden sind, es, Joanna ein wenig Geld für ihren Gebrauch zu schicken." „Schicken Sie auf jeden Fall, was Sie für richtig halten, und so oft Sie wollen; fragen Sie mich nie, sondern tun Sie bei jeder Gelegenheit alles, wozu Ihr gutes und großzügiges Herz Sie anregt – denken Sie auch darüber nach, ob es etwas gibt, worüber Mrs. Ross und Joanna sich freuen würden. Sie müssen ihre Wünsche besser einschätzen können als ich." – Dann holte er seine Brieftasche heraus und gab ihr Scheine über einen großen Betrag, wobei er ihr lächelnd sagte, dass ihre Ausgaben so gering seien, dass er vergessen würde, dass er eine Frau habe, wenn sie nicht ein wenig freigiebiger wäre. „Nun, aber Ellen", sagte St. Aubyn, „das ist doch sicher nicht alles, was Sie für die Freunde Ihrer Jugend zu verlangen haben! Machen Sie mir nicht den Eindruck, dass Sie vergesslich sind oder dass *Sie mehr für einige von ihnen denken, als Sie ausdrücken möchten* ." „Mein lieber Herr, was meinen Sie damit?" sagte Ellen, ein wenig erschrocken über die Art, wie er sprach. „Nein, seien Sie nicht beunruhigt", antwortete St. Aubyn lächelnd. „ *Ich* dachte an jemanden, der *mir sicherlich nicht so wohlgesinnt ist, wie er Ihnen wohlgesinnt sein sollte* , denn er hat mich einmal einen ganzen Tag lang Ihrer Gesellschaft beraubt, was ich ihm, sowie gewisse Schmerzen und Ängste, nicht ganz verzeihen kann." „Ich kann nicht erraten, wen Sie meinen." „Stimmt das wirklich?" „Ganz bestimmt." „Gewiss", sagte St. Aubyn, „ich kann nur Charles Ross meinen." „Oh, der arme Charles!" rief Ellen aus. „Ich hatte ihn wirklich ganz vergessen."

„Das war nun sehr undankbar", sagte St. Aubyn lachend, „denn ich wette, er hat Sie nicht vergessen. Sind Sie also noch immer genug sein Freund, um ihm einen Dienst erweisen zu wollen?"

„Gewiss", sagte Ellen. „Ich werde immer eine Vorliebe für ihn haben, obwohl ich gerade in diesem Moment nicht an ihn dachte . Aber welchen Dienst kann ich ihm erweisen, Mylord?"

„Wenn *Sie* ihm Ihr Interesse an mir bekunden, werde ich vielleicht versuchen, ihm eine Beförderung zu verschaffen, und das wird mir höchstwahrscheinlich auch gelingen. Sollten Sie dies wünschen?"

„Oh, ja, tatsächlich", antwortete Ellen, aufgeregt und sprühend vor Freude über den Gedanken, ihrem alten Freund zu dienen, und über die Freude, die seine Beförderung seinen Eltern und seiner Schwester bereiten würde, „nichts könnte mir mehr Freude bereiten."

„Aber nicht zu viel von dieser leuchtenden Farbe und den funkelnden Augen, Ellen", sagte St. Aubyn halb im Scherz, halb im Ernst: „Ich werde eifersüchtig sein."

„Du hast so viel Grund!"

„Nun, seien Sie vorsichtig, in diesem Punkt bin ich ein Türke und habe keinen Rivalen *in der Nähe* des Throns."

Ellen, halb verärgert, wollte etwas sagen, aber er umarmte sie zärtlich und brachte sie mit den Worten zum Schweigen: „Kein Wort, meine Liebe, ich bin vollkommen zufrieden", und ließ sie ein wenig beunruhigt und halb in der Angst zurück, dass sie ihn gestört oder verärgert hätte.

Im vertraulichen Verkehr, der nun zwischen Miss Cecil und Lady St. Aubyn stattfand, schüttelte erstere ihre Zurückhaltung ab und teilte Ellen zwar nicht alle Einzelheiten ihrer frühen Enttäuschung mit, aber sie habe die schmerzlichsten Prüfungen ertragen, die die Treulosigkeit und das unbeständige Verhalten einer Person, die man aufrichtig liebt, mit sich bringen könne. Doch war sie bei diesem Thema wie bei jedem anderen auch würdevoll und ging nie ausführlich darauf ein oder sagte irgendetwas Respektloses über den Urheber ihres Leidens. Obwohl sie den Grund ihrer Trennung von ihrem unwürdigen Liebhaber nie ganz erklärte, war klar, dass sie sich von seinem schlechten Verhalten und davon, dass sein Verhalten ihr gegenüber hauptsächlich aus eigennützigen Motiven erfolgt war, von ihm abwandte und all seinen späteren Bitten um Vergebung widerstand.

Eines Tages, als Lord St. Aubyn und Sir William Cecil bei einem großen öffentlichen Abendessen in der Nachbarschaft waren, hatte Ellen das Vergnügen, mit ihrer angenehmen Freundin unter vier Augen zu speisen. Sie hatten zwei Stunden in Julias Gemächern verbracht, die bei jedem Treffen mehr und mehr Ellens Zuneigung gewann und sich übermäßig an sie gewöhnt hatte, als das süße Mädchen sich müde fühlte und sagte, sie würde sich eine Stunde hinlegen und dann würde es ihr wieder gut genug gehen, um ihre Gesellschaft beim Tee zu genießen, den sie in ihrem Gemächer einnehmen wollte. Sie verbrachten diese Stunde daher in Miss Cecils Ankleidezimmer, die einen Schreibtisch öffnete, um Ellen eine Zeichnung zu zeigen, die sie gerade fertiggestellt hatte, und dabei unbeabsichtigt dem scharfen Auge von Lady St. Aubyn ein kleines Buch mit der Aufschrift „Manuskriptpoesie" präsentierte.

„ Ihr eigenes", sagte Ellen und legte spielerisch ihre Hand darauf, „oder Auszüge?" „Nun", erwiderte Laura, „da Lord St. Aubyn es für richtig hielt, ein Geheimnis zu verraten, das er erfuhr, als wir zusammen Kinder waren, will ich nicht leugnen, dass dieses kleine Bändchen einige unbedeutende Versuche von mir enthält."

"Oh, lass mich doch ein paar davon sehen, bitte", sagte Ellen. "Versichere dich, dass ich dein Vertrauen nicht missbrauchen werde. Ich freue mich wirklich sehr über diese Gelegenheit, denn ich habe mir schon lange gewünscht, auf diese Weise einige Beispiele deiner Talente zu sehen." Auf diese Aufforderung hin erlaubte Laura ihr, zwei oder drei der kleinen Gedichte zu lesen, die in dem Band enthalten waren, und erlaubte ihr auf ihre ernsthafte Bitte hin später, Kopien der beiden folgenden zu erhalten.

Elegische Strophen.

Quer durch die unruhige Nacht fegen tiefe ,
schwere Wolken in furchterregender Erhabenheit.
Und in der feierlichen Dunkelheit ihres Fluges
dienen sie nur dazu, die Welt in einen ruhigeren Schlaf zu hüllen.
Außer den traurigen Augen, die nur zum Weinen aufwachen.
Und widmen Sie die trostlose Stunde tiefer Meditation.

Diese Augen nehmen, so langsam sich die Wolken teilen,
einen Stern wahr, dessen zitternder, aber strahlender Strahl
dem unsicheren Wanderer als Orientierung dienen
und seine Brust bis zum Morgengrauen erheitern könnte;
der sonst zitternd und in schwarzer Bestürzung verloren,
müde und wild umherirren und auf dem Weg umkommen könnte.

Auch solch ein Stern, so schön und so gütig , ist die Hoffnung,
wenn über der Seele dunkle Wolken der Trauer hängen
; deren ruhige Strahlen heiter leuchten und
die Schrecken jeder trostlosen Stunde erhellen;
der lächelt, wenn die Jugend die ersehnte Blume vorbereitet
und wenn sie im Alter die vernichtende Macht des Unglücks spürt.

Oh, du heller Stern! Noch immer wirst du dankbar sein.
Das Herz wird so oft von deinem milden Strahl erheitert.
Ich werde dich nicht treulos und unfreundlich nennen,
noch dein Lächeln mit Undankbarkeit vergelten,
denn du hast nicht wie der herrliche Tag die Macht,
die Dunkelheit zu vertreiben und die Wolken zu vertreiben.

Vergolde nur diese Wolken, bis hellere Sonnen aufgehen;
durchmische mit deinem schönen Licht den unruhigen Strom des Lebens;
und oft sollen diese wachen Augen,

die den Lauf deines zweifelhaften Strahls beobachten, unermüdlich selbst in Tränen leuchten; und wenn sie sich schließen, sollen
sie in jedem friedvollen Traum noch immer von deinem sanften Strahl besänftigt erscheinen .

BRIEF AN LADY DELAMORE ÜBER DIE RÜCKKEHR NACH ROSE HILL.

Von jenen Regenszenen, wo eingebildetes Vergnügen herrscht;
Von Menschenmengen, die ermüden, und von Heiterkeit, die schmerzt;
Von schmeichelnden Lobpreisungen, von den Lächeln der Kunst,
süß für das Auge, aber treulos für das Herz;
Von der Schuld, die die schöne Unschuld zu ihrer Beute macht,
Seufzer nur zum Verderben und Hofieren nur zum Verrat;
Von diesen fliehe ich, ungeduldig,
die ganze liebliche Natur in ihrem schönsten Kleid zu liebkosen.
Oh, süße Zurückgezogenheit! Oh! Sicherer Rückzugsort
Von all den Sorgen und Torheiten der Großen!
Hier schenkt die verschwenderische Natur jeden Zauber ,
lächelt in Sanftheit, glüht in lebendiger Schönheit!
Hier präsentiert der Mai jede Blüte des Frühlings ,
und balsamische Süße fällt von Zephyrs Flügel.
Doch während ich in stiller, gesegneter Ruhe umherirre ,
drückt zärtliche Erinnerung an meine ängstliche Brust;
Und während ich zwischen Szenen umherwandere, die mir zu Recht so lieb sind,
weckt die Erinnerung die tributpflichtige Angst!
Das geistige Auge nimmt die Gestalt einer Schwester wahr ,
und selbst diese friedlichen Schatten bezaubern nicht mehr.
„Ja!“ Ich rufe aus: „Hierher liebte sie es, zu streifen ,
in Schönheit lächelnd, unschuldig fröhlich! Oft
schwoll ihre Stimme
an jenem Bach, im hallenden Tal , im Abendwind an,
vertrieb die Hälfte der Leiden aus der sorgenvollen Brust
und beruhigte den verwundeten Geist zur Ruhe!
" Während ich diese entzückenden Stunden so zurückverfolge
und bei jeder erinnerten Gnade verweile,
vergisst die Seele deiner Schwester, meine Agatha,
dass *du* in dem gesegnet bist, was *sie* bedauert;
vergisst, dass Vergnügen deine glücklichen Stunden krönt
und zärtliche Zuneigung deinen Pfad mit Blumen übersät;
sehnt sich danach, deinen Weg mit Rosenknospen zu schmücken

und von diesen Knospen jeden lauernden Dorn zu entfernen.
Ach! Selbstsüchtiges Herz, beklage deinen Verlust nicht mehr,
noch beklage so deine erinnerte Glückseligkeit;
begnüge dich damit, deine Schwester gesegnet zu wissen,
und beruhige die klagende Qual deiner Brust!
Sei weiterhin heiter in deinem zukünftigen Zustand ;
Fernab von Pomp und Gefahren der Großen;
Unbemerkt und ruhig soll dein Frieden herrschen,
Der Frieden ist am sichersten, wenn die Welt dich vergisst. —
Und doch, meine Agatha, lässt Zuneigung
das zitternde Herz anschwellen, in dem dein geliebtes Bild wohnt;
Noch immer heißt es mich, zu dir aufzuschauen für alles, was
ein langes Leben aufheitert und verweilende Jahre segnet:
Mein Geist, der ein *gesellschaftliches* Glück zu erproben begann,
wagt es nur, es von deiner zukünftigen Liebe zu erhoffen.
Getäuscht von dem, auf den er sich am meisten verließ,
durchbohrt in seiner Zuneigung, verwundet in seinem Stolz —
Und doch, während es durch jeden zerschmetterten Nerv pulsiert,
lehnt es dir den Schleier der Niedertracht ab;
Gesteht all seine Schwäche, will jeden Gedanken anvertrauen
und verachtet es, zu verbergen, was es zu fühlen wagt;
Auch wenn die Stürme der Leidenschaft nicht mehr aufziehen, gibt es zu,
dass es vor dem Gedanken an selbstsüchtige Glückseligkeit flieht und
immer noch das fühlt, was einst die Macht hatte zu bezaubern,
treue Zuneigung, sensible Besorgnis;
doch von den Schmerzen, die es einst gelindert fühlte,
wird es nicht mehr dorthin trauen, wo es einst getäuscht wurde;
wird nur auf dich allein nach zukünftiger Freude hoffen
und jeden sehnlichen Wunsch auf dein Glück richten:
Auf dich und deine sich eröffnenden Aussichten konzentriert, werden
seine Schmerzen, seine Freuden, ja sein Sein verloren gehen:
Wir werden eins sein und eins unsere zukünftigen Sorgen,
unsere Gedanken, unsere Hoffnungen, unsere Wünsche und unsere
Gebete.

LAURA.

mit diesen beiden kleinen Stücken vielleicht zufriedener, als es ihr
eigentlicher Wert rechtfertigte; aber wir betrachten die Darbietungen derer,
die wir lieben, natürlich mit einem voreingenommenen Auge. Nachdem sie
mehrere andere poetische Versuche und einige schöne Zeichnungen
durchgesehen hatten, kehrten sie in Julias Wohnung zurück, wo sie einen
herrlichen Abend verbrachten; denn Julia schien sich substanziell zu erholen,
und Lauras Stimmung besserte sich im gleichen Maße.

So und mit ähnlichen Vergnügungen verging die Zeit bis Anfang März, allerdings unterbrochen durch gelegentliche Besuche der Nachbarfamilien. Eines Tages, nach langem Bitten, speisten die St. Aubyns, Cecils und einige andere der vornehmsten Leute in ihrer Nähe bei Mrs. Dawkins, wo sie auch ihre zärtliche Freundin und ihren Schatten, Miss Alton, trafen , die an diesem Tag zum ersten Mal in ihrem Leben diese *süße Frau* , *Mrs. Dawkins* , beleidigen sollte ; denn entzückt, sich auf einem Sofa zwischen „ihrer *liebsten* Lady St. Aubyn" und diesem *überaus entzückenden* Mann, General Morton, einem erfahrenen Offizier aus der Nachbarschaft, sitzend wiederzufinden, auf den Miss Alton, wie man so sagt, schon lange *ihr Auge geworfen hatte* , schenkte sie den Andeutungen, Achselzucken und Augenzwinkern ihrer Freundin keine Beachtung, die keine regelmäßige Haushälterin hatte und äußerst darauf bedacht war, ihren ersten Gang ordentlich zuzubereiten, und sich wünschte, Miss Alton möge einfach hinausschleichen und zusehen, wie er auf den Tisch gebracht wird: aber ihre Wünsche waren vergebens; und als die Köchin keinen Adjutanten vorfand, musste sie warten, bis einige Gerichte zu stark angerichtet und andere halb kalt waren, und dann die Oberbefehlshaberin sein und die Tischordnung selbst anordnen. Da sie die Anweisungen ihrer Herrin nicht richtig verstand (denn in ihrer Besorgnis, dass alles richtig sein sollte, änderten sich diese alle halbe Stunde), gelang ihr dies so schlecht, dass die arme Mrs. Dawkins nach all ihrem Gejammer und ihrer Wut fast ohnmächtig wurde, als man ihr sagte, das Abendessen sei auf dem Tisch. Als sie das Esszimmer betrat, bemerkte sie, dass die Hälfte der für den zweiten Gang vorgesehenen Speisen in den ersten gezwängt und – geröstet, als Ragout zubereitet, gekocht, frittiert, süß und sauer – in der größten Unordnung, die man sich nur vorstellen kann, durcheinandergewürfelt war!

"Das ist alles *Ihre* Schuld", sagte Mrs. Dawkins leise, aber mit wütendem Gesichtsausdruck, zu dem armen Alton. "Sie konnten sich nicht *rühren,* um zuzusehen, wie es abgestellt wurde." Und sie schubste sie grob an sich vorbei und ließ sie erstaunt zurück, während sie sich fragte, was die liebe Seele so wütend gemacht hatte. Doch als sie die so offensichtlichen Fehler beim Zurechtrücken des Tisches sah und sich an ihre eigene Nachlässigkeit erinnerte (denn sie hatte versprochen, dafür zu sorgen, dass es abgestellt wurde), war sie ihrerseits völlig schockiert.

Die Verzögerung und Verwirrung beim Servieren dieses zweiten Gangs waren unerträglich; obwohl dieser Gang verkürzt wurde, waren Mrs. Dawkins' Dienerschaft in solchen Dingen nicht ganz *versiert* , und schließlich gab Lord St. Aubyn seinem eigenen Diener, der hinter seinem Stuhl wartete, um ihm zu helfen, einen Wink, was er so erfolgreich tat, dass alles wie durch Zauberei an seinen Platz gestellt wurde und der Rest des Abendessens und der Nachtisch ziemlich gut verliefen. Nach dem Abendessen zogen sich die Damen ins Wohnzimmer zurück und hörten sich mit ihrer üblichen Geduld die neuen Klagen von Mrs. Dawkins und die erneuerten Mitgefühlsbekundungen von Miss Alton an, die versuchte, ihren gewohnten Platz in Mrs. Dawkins' Gunst wiederzuerlangen, indem sie ihre übliche Portion *Zartgefühl noch* steigerte; diese Dame blieb jedoch so hochmütig und undurchführbar, dass die arme Alton schließlich unter *echten* Tränen zu den gutmütigen Ellen und Laura kam, um sich über ihr hartes Schicksal und die Unmöglichkeit zu beschweren, einigen Leuten trotz aller Bemühungen zu gefallen; und sie hatten wirklich so großes Mitleid mit ihr, dass sie, als Lady St. Aubyns Kutsche angekündigt wurde, sie vor der sichtbaren Unfreundlichkeit von Mrs. Dawkins rettete, indem sie sich das Vergnügen nehmen wollte, sie abzusetzen, und sie wieder ganz glücklich machte, indem sie sie bat, sich am nächsten Tag mit einer kleinen Gesellschaft im Schloss zu treffen. Da es sich dabei um eine eher exklusive Angelegenheit handelte und auf die Vertrautesten des Publikums beschränkt war, sicherte dies Miss Alton erneut eine wichtige Stellung bei Mrs. Dawkins und all ihren Freunden, da sie viel zu erzählen haben würde, worüber sie auf keine andere Weise etwas erfahren konnten.

KAPITEL III.

Süße Julia, die du bei den Engeln lebst,
nimm diese jüngste Gunst aus meinen Händen an,
die dir zu Lebzeiten Ehre erwiesen hat und nach deinem Tod
dein Grab mit Trauergesängen schmückt.

Romeo und Julia.

Der Tag, an dem die St. Aubyns nach London umziehen sollten , war nun auf eine Woche festgelegt. Ellen bedauerte zutiefst, dass sie Laura Cecil nicht bei sich haben konnte, die ihr in einer so neuen Situation eine große Stütze gewesen wäre; aber sie konnte nichts dagegen einwenden, denn sie konnte Julia einfach nicht verlassen, die ihr mal besser, mal schlechter, aber immer geduldig, sanft und in einem wahrhaft engelsgleichen Maß fromm erschien .

Ellen war aufrichtig betrübt, sie verlassen zu müssen, und schlug vor, sie nach London zu bringen, um dort besser beraten zu werden. Sie erfuhr jedoch, dass dieser Ausweg bereits früher einmal in Anspruch genommen worden war und dass Doktor B.s Rat seither in Briefen häufig erneuert worden war und dass man der Meinung war, die Luft in London vertrage sie nicht. Das Wetter war jetzt für die Jahreszeit, die zweite Märzwoche, bemerkenswert mild; und der Arzt, der Julia behandelte, die nun seit einigen Tagen ziemlich frei von dem leichten Fieber war, das sie normalerweise begleitete, erlaubte ihr, ein- oder zweimal in einem Gartenstuhl hinauszugehen, um etwas Luft zu schnappen: das zurückkehrende Grün des Frühlings schien sie eine Zeit lang wiederzubeleben; aber ob die Anstrengung zu viel war oder eine unbemerkte Veränderung in der Atmosphäre ihren zarten Körper beeinträchtigte, ließ sich nicht sagen; jedenfalls wurde sie plötzlich von einem jener Fieberanfälle befallen, die sie so oft an den Rand des Grabes gebracht hatten; und am Tag vor Ellens Abreise aus Northamptonshire teilte Laura ihr in einer Nachricht mit, dass man um das Leben dieses bewundernswerten jungen Geschöpfes verzweifle.

„Sie ist vollkommen vernünftig", fügte die betrübte Schwester hinzu; „der liebe Engel behält seine gewohnt fromme Gelassenheit; sie wünscht Sie zu sehen. Könnten Sie, liebe Lady St. Aubyn, ohne zu sehr gerührt zu sein, zu ihr kommen?"

Ellen brach in Tränen aus, legte St. Aubyn den Zettel in die Hand und sagte: „Oh, mein lieber Herr, lass mich gehen – bitte, lass mich sofort gehen!"

„Seien Sie weniger beunruhigt, seien Sie gelassener, meine liebste Liebe", antwortete er, nachdem er einen Blick auf den Inhalt geworfen hatte, „sonst kann ich Ihrer Abreise nicht zustimmen. Ich wünschte, Sie hätten mich nicht darum gebeten."

„Oh, tatsächlich, lieber St. Aubyn, ich bin ganz gefasst und ganz entspannt; aber es wird mir viel mehr weh tun, dieses liebe, liebe Geschöpf nicht wiederzusehen, als Zeuge dieser plötzlichen und höchst unerwarteten Veränderung zu werden."

„Gut, meine Liebe, wir werden zusammen gehen. Aber seien Sie nicht zu beunruhigt. Sie wird sich vielleicht noch erholen. Lauras Ängste werden vielleicht größer sein als die Situation. Julia war schon oft sehr krank. Aber wir werden gehen. Sie werden beide, das weiß ich, erfreut sein, dass Sie kommen."

Dann bestellte er die Kutsche, die bald bereit stand und sie in einer halben Stunde nach Rose-Hill brachte. Ellen wurde sofort in Julias Zimmer geführt. Neben dem Bett saß Laura. Ihre Wangen, Lippen und ihr ganzes Gesicht hatten die Farbe von monumentalem Marmor. Keine Träne fiel aus ihren Augen. Kein Seufzer hob und senkte sich aus ihrer Brust. Aber das Leid, das tiefe, ausdrucksvolle Leid, das jedes ihrer Gesichter kennzeichnete, war mit Worten nicht zu beschreiben. Sie stand auf und ging ein paar Schritte auf Ellen zu. Sie ergriff ihre Hand mit einer Hand, die nur durch die Berührung des Todes kälter geworden sein konnte. Ihre Lippen bewegten sich, aber kein klar formuliertes Wort durchbrach das traurige Schweigen.

Ellen wurde blass, schauderte und sah aus, als würde sie gleich in Ohnmacht fallen. Miss Cecil gab einer Wärterin, die tränenüberströmt neben ihr stand, ein Zeichen. Sie rückte einen Stuhl für Lady St. Aubyn zurecht und brachte ihr ein paar Tropfen Wasser. Sie weinte und war erleichtert.

„Oh, warum habe ich nach dir geschickt?", sagte Laura leise und mit Mühe. „Ich fürchte, das ist zu viel."

„Erschrecken Sie nicht, Mylady", sagte die Amme. „Miss Juliet geht es etwas besser, sie döst."

Nach wenigen Minuten bewegte sich Julia und sprach, aber ihre Stimme war so leise, dass man sie kaum verstehen konnte. Im nächsten Augenblick kniete Laura neben ihr nieder, und als sie die unvollkommenen Laute auffing, antwortete sie mit einer Stimme, die nicht die Qual ihrer Seele verriet: „Ja, mein Liebster, sie ist hier – willst du sie sehen?"

Dann wandte sie sich Ellen zu und winkte sie heran. Ellen stand auf und trat ans Bett . Sie sah Julia an und sah das süße, engelsgleiche Gesicht, das leicht gerötet war und so gelassen wie immer aussah. Da sie die Anzeichen einer Krankheit nicht kannte, glaubte sie, dass es ihr besser ging, und war in gewissem Maße getröstet. Julia brachte ein paar schwache Worte hervor, die ihre Freude darüber zum Ausdruck brachten, Ellen zu sehen, und hätte mehr gesagt, aber die Krankenschwester griff um aller willen ein und bat darum, Miss Juliet nicht viel sprechen zu lassen. Mit Mühe streckte sie Ellen ihre schwachen, ausgezehrten Arme entgegen, die sie zärtlich umarmte und sich, halb in Tränen aufgelöst, zum Fenster zurückzog, wohin sie Miss Cecil zog. Noch immer vergoss die unglückliche Laura keine Träne, und der tiefe Kummer, der sich auf ihrem schönen Gesicht abzeichnete, war für den Betrachter viel schmerzhafter, als es die lautesten Trauerbekundungen hätten sein können.

„Lass deinem Kummer freien Lauf: Der Kummer, der nicht spricht, flüstert dem überlasteten Herzen zu und lässt es brechen!"

„Um Himmels Willen, meine liebste Laura", sagte Ellen, „versuche, Trost zu finden; es geht ihr bestimmt besser – sie wird wieder gesund werden!"

Laura schüttelte nur den Kopf, und die Krankenschwester kam näher und sagte: „In der Tat, Madam, Miss Cecil wird sich umbringen; sie hat in den letzten beiden Nächten ihre Kleider nicht ausgezogen, und heute ist auch nicht die geringste Erfrischung über ihre Lippen gekommen."

„Oh! Rede nicht mit mir über Ruhe oder Essen", rief Laura, „ich kann weder das eine noch das andere vertragen."

Ellen drängte sie zärtlich, etwas mitzunehmen, doch dann presste sie die Hände aufs Herz und antwortete: „Oh nein, oh nein – ich konnte nicht, wirklich nicht. Geh", fügte sie hinzu, „mein lieber Freund – geh, dies ist kein Ort für dich; nichts außer der Bitte von – –; nichts außer *ihrer* Bitte hätte mich dazu bewegen sollen, nach dir zu schicken."

„Aber jetzt *bin ich* hier", sagte Ellen, „sicherlich werden Sie mir erlauben zu bleiben. Vielleicht kann ich Ihnen von Nutzen sein und der lieben, lieben Julia Trost spenden."

Vergeblich drängte sie. Laura gab alle selbstsüchtigen Erwägungen auf und bestand darauf , dass sie nach Hause zurückkehrte, und versprach, ihr jemanden zu schicken, sollte Julia sie wiedersehen wollen; und St. Aubyn, der sich um sie sorgte, ließ nun seine Frau bitten, zu kommen. Sie umarmte daher ihre Freundin, blickte noch einmal auf die scheidende Heilige, die nun wieder tief döste, hob ihre Hände und Augen zum Himmel und verließ unter einem weiteren Tränenregen das Zimmer.

St. Aubyn war erfreut, dass sie bereit war, ihn nach Hause zu begleiten, beschwerte sich jedoch bitterlich, dass Laura sie nicht bleiben ließ.

„Laura", sagte er, „urteilt wie immer weise und handelt freundlich: Sie könnten keine wirkliche Hilfe sein, und Ihre Anwesenheit hier wäre höchst unangemessen; daran dürfen Sie nicht denken."

Zwei Tage größter Angst vergingen, und am Ende dieser Zeit atmete die schöne und liebliche Julia nicht mehr: Ihre letzten Augenblicke waren von

so starkem Trost und so himmlischen Hoffnungen begleitet , dass sie den
Weltlichen gut hätten beibringen können, „wie ein Christ sterben kann".

viele Tage lang ans Bett gefesselt und man befürchtete, sie würde ihrer
Schwester ins Grab folgen. Doch nach und nach konnte sie ihren
übermäßigen Kummer abschütteln und versuchte um ihres Vaters willen,
sich von dem schrecklichen Schock zu erholen, den sie erlitten hatte.

Sir William Cecil, der schon lange davon überzeugt war, dass Julia nicht mehr
viele Monate leben würde, ließ sich leichter trösten. Die St. Aubyns hatten
ihre Reise nach London natürlich deshalb verschoben; und als sie feststellten,
dass Sir William Cecil einen Ausflug nach Bath machen wollte, was seine
Gicht tatsächlich fast notwendig machte, versuchten sie, Laura zu überreden,
für kurze Zeit zu ihnen nach St. Aubyn Castle zu kommen und dann mit
ihnen nach London zu fahren. Dieser Vorschlag, insbesondere der letzte
Teil, gefiel ihr eine Zeit lang nicht und sie wollte allein in Rose Hill bleiben
können. Ihre Freunde erlaubten dies jedoch nicht. Da Sir William für dieselbe
Zeit mit einer benachbarten Familie nach Bath fahren wollte und sie mit
ihnen im selben Haus wohnen wollte, konnte Laura schließlich dazu
überredet werden, ins Schloss zu ziehen und von dort nach kurzem
Aufenthalt ihre Freunde nach London zu begleiten. Dort versprach man ihr
ein eigenes Appartement und dass sie niemanden sonst sehen sollte, bis sie
es selbst wünschte.

„Aber warum", sagte sie, „meine liebste Lady St. Aubyn, warum sollte ich Sie
mit jemandem belasten, der so machtlos ist, zu Ihrem Komfort beizutragen
oder an Ihren Freuden teilzuhaben?"

„Ist das nicht eine unfreundliche Frage?", sagte Ellen. „Oder glauben Sie
wirklich, dass ich nichts empfinde, wenn es darum geht, Ihren Geist zu
beruhigen und Ihre Stimmung zu heben? Wann immer Sie es mir erlauben,
werde ich Ihr Gast in Ihrem Zimmer sein. Wann immer meine Gesellschaft
lästig wäre, werde ich Sie in Ruhe lassen, vorausgesetzt, dass Sie dadurch
nicht schlechter werden."

Alles war also folgendermaßen arrangiert, und Miss Cecil, Lord und Lady St.
Aubyn in einer Kutsche und Miss Cecils Zofe und Ellens gesprächige, aber
treue Jane in einer anderen, ohne Reiter usw., verließen Northamptonshire
in großem Stil und kamen am nächsten Abend im prachtvollen Haus des
Grafen am Cavendish Square an. – Lady St. Aubyns erste Sorge war, für die
trauernde Laura ein Gemach auszuwählen, in dem sie sich wohlfühlen und
von Zwängen befreit sein würde; und nachdem sie sie dorthin geführt hatte,
sagte sie ihr, sie sei dort ganz die Herrin und würde nie gestört werden, es sei
denn, sie wolle es.

Ellen, die mehrere kleine Versuche in Versen unternommen hatte, seit sie die Gedichte von Miss Cecil gesehen hatte, linderte nun ihren Kummer über den Verlust der süßen Julia mit ein paar Strophen, die sie, als sie glaubte, sie ertragen zu können, Laura schenkte, die sich über diese kleine Hommage an das Andenken ihrer geliebten, betrauerten Schwester freute.

Elegische Strophen.

das erste Versprechen einer reiferen Blüte verwelkt
;

wenn Jugend und Schönheit, unschuldig heiter,
in den stillen Ruinen des Grabes versinken!

Oh, du reiner Geist, der in der schönen Morgendämmerung des Lebens
höher stieg als jener kindliche Körper
(so schön er auch war), aus dem du dich zurückgezogen hast,
in den strahlenden Himmel, aus dem deine Schönheit kam.

Süße Julia! Glücklich erlöst von der Sorge,
die die späteren Jahre vielleicht noch beweisen würden;
ein so zartes Herz und ein so schönes Wesen
hatten die Gefahren der Welt ertragen!

Dein Herz weitete sich bei der Stimme der Zuneigung ,
wie hätte es die Wärme angeborener Güte ertragen,
das schnelle Feuer jugendlicher Entschlossenheit zu zügeln
und den Betrug unter der lieblichsten Gestalt zu fürchten!

Dir wurden so gütige Gnaden zuteil,
eine so zarte Seele und ein so seltener Witz;
eine Liebe zur Harmonie, als
hätte der gütige Himmel dich auf eine frühe Glückseligkeit vorbereitet.

Lange wird das Herz, das deine dämmernde Anmut liebte ,
die nachdenkliche Erinnerung an jeden Zauber bewahren,
deine gewinnende Art gewissenhaft nachzeichnen
und erneut bei jeder harmonischen Melodie verweilen.

Auch soll sich das Herz nicht auf gegenwärtige
Geschehnisse beschränken, sondern mit würdigerer Sorgfalt danach streben
,

eine Unschuld wie die Deine zu bewahren,
und in aller Bescheidenheit darauf hoffen, Dein Glück zu teilen.

KAPITEL IV.

Wie schön erscheint einem solchen jedes Sandkorn oder
jedes bescheidenste Unkraut, als von der Hand der Natur geschaffen!
Eine Muschel oder ein Stein kann er mit Vergnügen betrachten. — ——
Sehen Sie, mit welcher Kunst jede merkwürdige Muschel hergestellt ist :
Hier in Laubsägearbeit geschnitzt, dort mit Perlen eingelegt!
Wie lebendig schmücken die emaillierten Steine ,
schön wie die Gemälde des purpurnen Morgens!

S. JENYNS.

Die Ankunft der St. Aubyns in London eröffnete ein weites Feld für
Mutmaßungen und Gespräche in der vornehmen Welt. Es war bekannt –
denn St. Aubyns hochmütige Verwandte hatten es nicht versäumt, es
bekannt zu geben –, dass er eine junge Frau geheiratet hatte, die ihm im Rang
weit unterlegen und absolut ohne Vermögen war. Es war auch bekannt, dass
sie ungewöhnlich schön war; und ihr erwartetes *Debüt* erregte große
Besorgnis, gemischt mit nicht wenig Spott ; aber die bescheidene Ellen hatte
es nicht eilig, den so reichen Gaffern und Spöttern eine Freude zu bereiten:
Sie besuchte während der ersten vierzehn Tage ihres Aufenthalts in der Stadt
lediglich ein paar Morgenausstellungen, bei denen nur ihr Lord anwesend
war; und tatsächlich hoffte St. Aubyn, trotz ihrer gegenwärtigen Distanz und
Missbilligung, seine Tante, Lady Juliana Mordaunt, dazu zu bewegen, Ellen
zu einigen öffentlichen Orten als Begleitperson zu begleiten, da er sich
durchaus darüber im Klaren war, welchen Vorteil es für sie hätte, eine solche
Unterstützung zu erhalten. Er kam daher ihren Wünschen nach, bis er diese
wünschenswerte Regelung herbeiführen konnte, und erlaubte seiner Frau,
die meisten ihrer Abende zu Hause zu verbringen.

Mehrere Damen hatten jedoch Lady St. Aubyn besucht, einige von ihnen
hatten ihre Karten hinterlassen und andere hatte sie gesehen. Die meisten
dieser Besuche hatte sie wiederholt, aber eine von denen, die den größten
Wunsch gezeigt hatte, Lady St. Aubyn öfter zu sehen – tatsächlich eine
entfernte Verwandte des Grafen – hatte sie noch nicht besucht.

Eines Morgens sagte Lord St. Aubyn, er würde mit ihr das Museum eines
alten Freundes besuchen, der in Knightsbridge lebte und ein großer Sammler
aller seltenen und kuriosen Dinge war, insbesondere Muscheln, Gemälde und
Edelsteine. „Er ist ein ziemlicher Charakter", fügte er hinzu, „aber ich werde
Ihrer Überraschung nicht vorgreifen: Wir können früh dorthin gehen. Ich
sagte ihm, wir würden heute oder morgen gehen; und nachdem wir dort
gewesen sind, können Sie Lady Meredith besuchen, die sich so
außerordentliche Mühe gemacht hat, tatsächlich aus ihrer Kutsche
auszusteigen und Ihnen einen persönlichen Besuch abzustatten."

„Wirst du mit mir gehen?“

„Verzeih mir, mein Liebling, das ist nicht nötig, und du musst wirklich lernen, *allein zu gehen* und dich nicht so sehr auf mich zu verlassen.“

„Ich hoffe, Ihre Ladyschaft ist nicht zu Hause.“

„Das hoffe ich wirklich, meine Liebe, denn so unterschiedlich die beiden in jeder Hinsicht auch sind, meine Tante, Lady Juliana, verbringt einen großen Teil ihrer Zeit dort. Sie ist so versessen darauf, Fehler zu finden und anderer Meinung zu sein, dass ich wirklich glaube, sie geht hauptsächlich zu Lady Meredith, um ihr dort Vorträge zu halten, der die Meinung anderer so gleichgültig ist, dass sie es nicht für die Mühe wert hält, sich über die scharfen Dinge zu ärgern, die Lady Juliana zu ihr sagt.“

„Was für ein seltsamer Grund, mit jemandem intim zu werden.“

„So merkwürdig das auch klingen mag: Aber wenn Sie mehr von der Welt sehen, werden Sie erkennen, dass Zuneigung nicht das einzige Band ist, das Menschen verbindet, die sich Freunde nennen.“

„Ich glaube, das habe ich bereits bei Mrs. Dawkins und Miss Alton gesehen.“

"Stimmt: Bequemlichkeit, der Wunsch, einen geduldigen *Zuhörer zu finden* , Unfälle, der Wunsch nach einem angenehmeren Gefährten gehören zu den zahlreichen Anreizen, die das ausmachen, was wir gern Freundschaft nennen. Ich hörte sogar einmal eine gute Dame sagen, sie sei sicher, dass eine Familie, die sie erwähnte, sich als *wahre Freunde erwiesen habe, denn sie hätten ihr einen großen Pflaumenkuchen* geschickt [A] ."

Ellen lachte über diese merkwürdige Definition von Freundschaft.

"Gut", sagte St. Aubyn, "aber zurück zu Lady Meredith. Ich hoffe, dass sie Lady Juliana, indem sie ihr Gutes von Ihnen berichtet, dazu bewegen kann, uns gegenüber freundlicher zu sein. Sie wissen, wie sehr es mir am Herzen liegt, Sie in ihrer Gunst zu haben – nicht, glauben Sie mir, wegen ihres immensen Vermögens, sondern weil sie trotz all ihres Stolzes und ihrer Steifheit ein warmes Herz und hervorragende Eigenschaften hat und für Sie eine äußerst wertvolle Freundin wäre. Tun Sie also bitte Ihr Bestes, um Lady Meredith zu gefallen."

„Also gut. Aber sagen Sie mir, wie das am wahrscheinlichsten gelingt?“

„Ich fürchte, das wird schwierig: Sie wird Sie für zu hübsch halten, es sei denn, sie beabsichtigt tatsächlich, bald eine große Party zu geben.“

„Wie ist es möglich, *dass das* irgendetwas mit der Sache zu tun hat?“

„Lady Merediths größter Ehrgeiz besteht darin, alle ihre Konkurrentinnen in der Zahl und dem Stil derer, die sie auf ihren Routen antrifft, in den Schatten zu stellen. Und trotz ihres Charmes und des Glanzes ihrer zahlreichen Juwelen gibt es manchmal einige störrische Tiere, die unhöflich genug sind, sich daran zu erinnern, dass sie *sie „schon einmal gesehen haben '*, und die ihrer infolgedessen überdrüssig werden und sie für eine neuere Schönheit verlassen. Lady Meredith hält Sie (so neu auf der Welt und so schön) vielleicht für eine wünschenswerte Verstärkung und beehrt Sie daher mit einer Einladung: Wenn das der Fall ist, nehmen Sie diese bitte an und geben Sie sich heute große Mühe bei Ihrer Toilette: denn mein Freund, Mr. Dorrington, ist ein großer Bewunderer der Schönheit und wird Ihnen seine schöne Sammlung viel bereitwilliger zeigen, wenn er die Ihre bewundert, insbesondere, wenn Sie ihm gefallen sollten wie eine Büste der *Bona Dea* (zumindest gibt er ihr diesen Namen, obwohl sie so verstümmelt ist, dass er gesteht, er wisse nicht genau, für was oder wen sie entworfen wurde), die er fast vergöttert.“

Ellen beeilte sich zu gehorchen, wünschte sich aber, in Castle St. Aubyn zu sein, denn das wenige, was sie von Lady Meredith gesehen hatte, hatte ihr nicht gefallen, und sie schreckte vor dem Gedanken an diesen furchtbaren Morgenbesuch zurück. Sie überwand ihre Ängste jedoch so gut sie konnte und sah ungewöhnlich schön aus, als sie zu ihrem Lord zurückkehrte. Ihre Modistin hatte gerade ein äußerst elegantes und teures Morgenkleid, eine Haube und einen Mantel nach Hause geschickt, alles aus den feinsten Stoffen und in jenem zarten, bescheidenen Stil, den sie immer wählte und der ihr besonders gut stand. St. Aubyn glaubte, sie noch nie so gut aussehen gesehen zu haben, und zollte Madame de —— großes Lob dafür, dass sie den natürlichen Stil ihrer Schönheit so bewundernswert berücksichtigte, um sie zu verschönern, ohne sie zu überladen. Die Kutsche stand vor der Tür: Sie hatte daher nur Zeit, Laura „Auf Wiedersehen“ zu sagen, und stieg hastig ein, und eine halbe Stunde später waren sie bei Mr. Dorrington .

Als die Kutsche vor dem Haus hielt, fiel Lady St. Aubyn die Gestalt eines stattlichen alten Mannes mit grauem Haar auf. Er kam gerade die Stufen hinauf, um an die Tür zu klopfen, und war so ärmlich gekleidet, dass sie ihn für einen Bettler oder zumindest für äußerst arm hielt. Ihre flinke Hand griff nach ihrer Geldbörse, um dem gebrechlich aussehenden alten Mann Linderung zu verschaffen. Wie groß war also ihre Überraschung, als der alte Mann, gerade als sie ihre Hand zu diesem Zweck ausstreckte, in die Kutsche blickte, Lord St. Aubyn erblickte, auf sie zukam und mit der vornehmsten Miene, die man sich vorstellen konnte, seinen Hut abnahm und dabei eine schöne, gebieterische Stirn, ausdrucksvolle Augen und ein so bewundernswertes Gesicht zum Vorschein brachte, dass man es, einmal gesehen, nie mehr vergessen konnte.

"Ach, mein lieber St. Aubyn", rief er aus, "wie freue ich mich, Sie zu sehen! Ich bin wirklich froh, dass ich rechtzeitig zurückgekommen bin, um Sie zu empfangen. Da Sie nicht ausdrücklich gesagt haben, dass Sie heute kommen würden, war alles Zufall. Aber kommen Sie und tun Sie mir den Gefallen, auszusteigen. Mir ist gerade ein wunderschöner Kauf gelungen - eine Muschel, ein Unikat. Sie werden sie sehen."

Inzwischen war St. Aubyn ausgestiegen, reichte Ellen die Hand und stellte sie diesem außergewöhnlichen Mann vor. Nichts konnte eleganter sein als seine Anrede, nichts eleganter als die Anmut, mit der er sie empfing, oder temperamentvoller als das kleine Kompliment, das er St. Aubyn über sein Glück und die Schönheit seiner Frau machte .

Wer Mr. Dorrington ansah, als er seinen schäbigen alten Hut abnahm, musste sofort den Mann mit Verstand und überlegenem Wissen erkennen: wer ihn sprechen hörte, hörte sofort, dass es nicht nur die Stimme und Aussprache eines Gentlemans war, sondern auch die eines Mannes, der in den allerhöchsten Kreisen gelebt hatte; und doch hätte sein Aussehen jeden zunächst, wie Ellen, zu der Annahme verleitet, er sei in absoluter Armut. Er führte den Weg in sein Lieblingsgemach, tatsächlich das einzige, das er je bewohnte, abgesehen von seinem Schlafzimmer ; und in keins von beiden ließ er jemals jemanden hinein, der nicht bei ihnen war. Kein Besen oder Pinsel irgendeiner Art wirbelte jemals den heiligen Staub dieser geheiligten Abgeschiedenheit auf: Im Kamin lagen die angesammelten Aschen *vieler Monate* ; die Fenster waren vom unberührten Schmutz der Jahre verdunkelt; und nichts außer dem Tisch, auf dem seine dürftigen Mahlzeiten ausgebreitet waren (denn seine Mäßigkeit beim Essen und Trinken war ebenso bemerkenswert wie seine merkwürdige Vernachlässigung der persönlichen Kleidung), und zwei oder drei Stühlen für den Empfang gelegentlicher Besucher wurde jemals abgewischt. In einem davon setzte er die erstaunte Ellen, die sich umschaute und Schätze betrachtete, deren Wert ihre kühnste Schätzung übertraf. Ein schöner Schrank mit Glastüren enthielt eine Vielzahl merkwürdiger Edelsteine, Vasen und Mineralienproben; einige Bilder von unschätzbarem Wert lehnten an den Wänden; Stapel von Büchern in kostbaren Einbänden, die, wie Ellen später herausfand, entweder wegen ihrer Seltenheit bemerkenswert waren oder voller schöner Drucke, lagen verstreut herum.

"Nun, Mylord", sagte Mr. Dorrington, "werde ich Ihnen und Lady St. Aubyn meinen neuen Kauf zeigen. Ich sagte, er sei einzigartig, aber das ist nicht ganz so. Ich habe noch eins von der gleichen Art, aber diese beiden sind die einzigen auf der Welt. Ich glaube, dieses ist ein wenig, ein ganz klein wenig schöner als das, das ich vorher hatte. Ich habe es bei ****s Auktion gekauft und einen horrenden Preis dafür bezahlt, aber ich war entschlossen, es zu haben. Es war das einzige Stück in seiner Sammlung, das ich begehrte."

Dann stellte er seinen neuen Kauf vor und sprach eine Zeit lang über seine verschiedenen Schönheiten. Als Ellen ihn wirklich bewunderte und sich auch über ihre Schönheit und Lieblichkeit freute, zeigte er ihr seine Sammlung und sogar jene seltenen Gegenstände, die nur bei besonderen Lieblingen zu finden waren, und sagte, sie sei „ *würdig, sie zu bewundern* ". Einige schöne Miniaturen gefielen ihr besonders, und er war erfreut, dass sie ihren Wert zu erkennen schien. Er holte auch einige schöne illuminierte Messbücher hervor und erklärte alles mit so viel Anmut und Klarheit, dass sie ganz entzückt war.

Zwei Stunden vergingen wie im Flug, während sie diese Wunder betrachteten, und selbst dann hatten sie noch nicht einmal die Hälfte gesehen, versprachen aber, ihn an einem anderen Tag zu besuchen. Er sagte Lady St. Aubyn, er stehe ihr jederzeit zur Verfügung, begleitete sie dann höchst höflich zu ihrer Kutsche und verabschiedete sich mit einer höflichen Verbeugung.

Auf dem Heimweg erzählte St. Aubyn Ellen, dass der außergewöhnliche Mann, den sie gerade verlassen hatten, viele Jahre lang ein verschwenderisches Leben geführt und dadurch ein großes Vermögen fast völlig vernichtet hatte. Doch als er einmal infolge seiner Extravaganz gezwungen war, eine noch schönere Sammlung als die, die er jetzt besaß, zu verkaufen, hatte er sich entschlossen, seine Leidenschaft für *die Tugend zu befriedigen* , ohne das Risiko einzugehen, sich erneut zu ruinieren, und sich deshalb alles außer den absolut notwendigen Dingen des Lebens versagt. Dadurch war er in der Lage, seltene Gegenstände zu jedem Preis zu kaufen und andere Sammler zu überbieten, die andere Ansprüche auf einen Teil ihres Einkommens hatten. Er hielt keinen Mann und nur eine Dienerin, und St. Aubyn sagte, als er ihn vor ein paar Tagen besuchte, habe er ihn in einem Wutanfall auf dieses arme Dienstmädchen vorgefunden, weil sie es gewagt hatte, sein Schlafzimmer zu fegen, während er mit jemandem in seinem Wohnzimmer beschäftigt war, in der Tür, in der er, *wie durch ein Wunder* , den Schlüssel gelassen hatte. – „Und ich bin sicher, Sir", sagte das Mädchen weinend, „ich habe nie etwas anderes berührt als diesen großen hölzernen Mann" (sie meinte einen Laien, der immer in Mr. Dorringtons Zimmer steht), „der einem Angst einjagen kann; und er wurde gerade erst bewegt, denn der Herr lässt nie etwas anderes als andere Leute; und ich dachte, wenn er die vornehmen Leute in sein Schlafzimmer bringt, wie er es manchmal tut, wäre es eine Schande, einen solchen Ort und ein so schmutziges Tischtuch zu sehen; also wollte ich es nur ein wenig aufräumen, und ich habe überhaupt nichts kaputt gemacht."

„Ich tröstete das arme Mädchen", sagte St. Aubyn, „indem ich ihr eine Kleinigkeit gab und ihr riet, ihren Herrn auf keinen Fall zu provozieren, indem sie es wagte, noch einmal ohne Befehl eine Bürste in seinen Gemächern anzufassen. Und sie versprach mir, dass sie sich in Zukunft damit begnügen würde, ihre eigene Küche und die Flure zu putzen – ‚Und rühre nie etwas an, das aus den Gemächern des Herrn gehört, noch diese fremden Dinge, die voller Staub sind und genug, um Motten und alle Arten von Fliegen im ganzen Haus zu züchten.' – Und ich glaube", sagte er lachend, „sie scheint ihr Versprechen ziemlich genau gehalten zu haben."

KAP. V.

—— So parfümiert, dass
die Winde liebeskrank davon wurden. ——
Sie lag in ihrem Pavillon, aus Goldstoff.

Antonius und Kleopatra.

Lady St. Aubyn setzte den Earl am Cavendish Square ab und begab sich allein zum Haus von Lady Meredith am Portland Place. Eine anscheinend wartende Kutsche fuhr vor der Tür ab, um Platz für ihre zu machen, woraus Ellen schloss, dass Lady Meredith Besuch hatte. Auf die Frage, ob ihre Ladyschaft zu Hause sei, wurde ihr dies bejaht und sie gebeten, die Treppe hinaufzugehen . Ellen war mittlerweile ziemlich an prächtige Häuser gewöhnt; aber der Stil dieses Hauses war anders als alles, was sie bisher gesehen hatte: Die Halle wurde nicht nur von prächtigen Öfen geheizt, sondern in jeder Ecke standen fast lebensgroße Bronzefiguren in verschiedenen Stellungen und trugen alle Weihrauchfässer oder Urnen, in denen unaufhörlich kostbare Duftstoffe brannten und einen reichen, aber fast überwältigenden Duft verbreiteten. Als sie die Treppe hinaufstieg, fand sie jede erdenkliche Nische mit Körben, Vasen usw. voll der seltensten und teuersten exotischen Pflanzen, die selbst im kalten Märzwind fast ebenso üppig blühten, wie sie es in ihren Heimatgefilden getan hätten; denn jeder Teil dieses Hauses wurde durch durch die Wände und unter den Böden verlaufende Rauchabzüge, die mit nicht sichtbaren Feuern verbunden waren, auf einem gleichmäßigen Grad an Wärme gehalten: Wenn das Wetter dagegen warm wurde, wurden die Sonnenblenden aus Batist an jedem Fenster ständig mit wohlriechendem Wasser befeuchtet, und zwar von zwei schwarzen Dienern, deren einzige Aufgabe es war, sich um diesen Luxus zu kümmern; ja, das ganze Haus schien einzig und allein dem Luxus gewidmet zu sein. Die Böden waren nicht nur bedeckt, sondern mit Stoffen ausgelegt, deren Weichheit und Elastizität durch eine Mischung aus Seide und Daunen hervorgerufen zu sein schienen: die Sofas, Ottomanen usw. waren nicht nur ausgestopft, sondern jedes hatte einen Stapel Kissen, die mit Eiderdaunen gefüllt und mit den kostbarsten Seiden oder Samten bedeckt waren. Der vorsitzenden Göttin dieses prächtigen Tempels wurde sogleich Lady St. Aubyn vorgestellt . In ihrem Boudoir saß oder lag Lady Meredith nicht auf einem Stuhl oder Sofa, sondern auf einem Stapel Kissen, die mit dem feinsten bemalten Samt bedeckt waren. Ihre majestätische, wenn auch etwas große Figur kam in dem wohlüberlegten Halbkleid, das sie jetzt trug, sehr gut zur Geltung; doch lag etwas in ihrer Haltung, in der Art, wie sie ihre Gewänder trug, von dem Ellens bescheidener Blick unwillkürlich abgewandt war. Ihr Kleid bestand aus dem feinsten und weißesten Musselin, den Indien je hervorgebracht hatte, und schmiegte sich so eng an sie, dass die vollkommene Symmetrie ihrer Gestalt voll zur Geltung kam: die Ärmel waren weit und so kurz, dass sie kaum unter die Schulter reichten, die nicht durch den geringsten Schleier vor den Blicken des Betrachters verborgen war, während die so freiliegenden zarten Arme mit Reihen von Perlen geschmückt waren, die sie „Entkleidungsperlen" nannte: Sie waren von außergewöhnlicher Größe und Schönheit und waren zu Armreifen und Armbändern von phantasievoller, aber eleganter Art geformt: zwei oder drei Schnüre und ein großes Malteserkreuz derselben bedeckten ihre schöne Brust nur, und einige waren lose in ihr dunkles, aber glänzendes und üppiges Haar gedreht. Zu ihren Füßen saß ein hübsches kleines Mädchen von etwa vier Jahren, vor sich ein niedriges Kissen, auf dem sie den Inhalt einer von Mamas Juwelenschatullen zur Schau stellte und sich dabei ebenso amüsierte, wie es der große Potemkin selbst gewesen sein könnte, wenn er seine Diamanten in verschiedenen Figuren auf schwarzem Samt anordnete; eine Lieblingsunterhaltung dieses außergewöhnlichen Mannes.

Auf der einen Seite von Lady Meredith saß ein fröhlicher junger Offizier in der Uniform der Garde und auf der anderen eine steife, formell aussehende alte Dame in einem etwas altmodischen Kleid, das aber vor allem dadurch auffiel, dass es übermäßig ordentlich und steif war: Sie hatte einen säuerlichen, verächtlichen Blick, und ihr Korsett und ihre ganze Figur hatten das steife Aussehen eines Porträts aus dem letzten Jahrhundert. Sie richtete ihr Fernglas auf Ellen, als sie dem Diener folgte, der sie ins Zimmer hieß, und ließ es mit einem nachdrücklichen „ *Hmpf!*" (nicht unähnlich dem der armen Mrs. Ross) wieder fallen, als ob sie mit einem Blick vollkommen zufrieden wäre und kein Verlangen verspürte, ihn zu wiederholen; doch sie wiederholte ihn immer wieder, und als ob ihr der Blick missfiel oder sie aufregte, wurde ihr Gesichtsausdruck immer säuerlicher. In der Zwischenzeit erhob sich Lady Meredith halb von ihren Kissen, streckte ihre Hand aus und sagte träge:

„Meine liebe Lady St. Aubyn, wie nett von Ihnen, mich zu besuchen! Ich freue mich, dass ich zufällig zu Hause bin. Andrew" (zu dem Diener, der einen Stuhl hingestellt hatte und sich zurückzog) „geben Sie Lady St. Aubyn nicht diesen ekelhaften Stuhl: bringen Sie einen Haufen dieser Kissen und ordnen Sie sie wie meine an: ruhen Sie sich darauf aus, mein liebes Geschöpf; Sie müssen zu Tode erschöpft sein."

„Entschuldigen Sie", sagte Ellen und lächelte bescheiden und anmutig. „Ich bin an solch einen luxuriösen Sitz nicht gewöhnt und bevorzuge einen Stuhl."

„Wirklich? Ist das möglich?", rief die schmachtende Dame und sank wieder zurück, als sei die Anstrengung des Sprechens zu viel für sie gewesen. „Nun, ich würde in zwölf Stunden absolut sterben, wenn ich mir diese köstliche Art der Ruhe nicht gönnen könnte."

„Unsinn!" sagte die steife alte Dame in nicht gerade versöhnlichem Tonfall. „Wie können Sie nur so lächerlich sein? Wie kommen Sie bloß zurecht, wenn Sie sechs oder acht Stunden im Pharao sitzen oder in die Oper gehen? Dort gibt es diesen Blödsinn nicht."

„Oh, was den Pharao betrifft, den lieben, entzückenden Pharao, der mich am Leben hält und verhindert, dass ich mich müde fühle, selbst wenn meine unglücklichen Füße nicht einmal über einen armseligen kleinen Fußschemel verfügen; und was die Oper betrifft, wundert es mich, dass Ihre Ladyschaft danach fragt, denn Sie wissen sehr gut, dass meine Loge und die dazugehörigen Kissen mit Daunen gefüllt sind, wie diese hier", und sie sank noch träger auf ihre nachgiebigen Stützen. „Apropos Oper", fügte sie hinzu , „haben Sie dort eine Loge bekommen, Lady St. Aubyn?"

„Nein", antwortete Ellen. „Lord St. Aubyn wurde eines angeboten, aber da es schon so spät in der Saison ist und unser Aufenthalt in der Stadt nicht mehr lange dauern wird, bat ich ihn, es abzulehnen."

Hier tauschte Lady Meredith ein verächtliches Lächeln mit dem Offizier aus, das zu sagen schien : „Wie ländlich das ist!" Dann sagte sie halb gähnend: –

„Oh, aber das war wirklich sehr falsch: Was kann eine Dame von Welt ohne eine Loge in der Oper tun? Nach allem, was ich über die frühere Lady St. Aubyn gehört habe – denn ich hatte nicht die Ehre, sie zu kennen – bin ich überzeugt, dass sie keinen Monat ohne Loge in London überlebt hätte."

„Sehr wahrscheinlich", sagte die alte Dame, „aber trotz allem glaube *ich , dass diese junge Person* völlig im Recht ist. Und was die verstorbene Lady St. Aubyn betrifft, so bin ich sicher, dass *sie* für niemanden ein Vorbild war, und ich frage mich, Lady Meredith, ob Sie sie in meinem Beisein beim Namen nennen werden."

„Ich bitte Eure Ladyschaft um Verzeihung", antwortete Lady Meredith. „Ich habe es vergessen."

„Na, egal, sag nichts mehr."

Ellens Überraschung zu beschreiben, wäre schwierig: das merkwürdige Epitheton, das diese seltsame Dame ihr gegeben hatte, „ *diese junge Person* ", die Anspielungen auf die verstorbene Gräfin, von der sie nie ohne eine unbeschreibliche Art von Erregung hörte, und der Verdacht, den sie jetzt hegte, dass ihre unfreundliche Nachbarin Lady Juliana Mordaunt war, all das verschwor sich, um sie zu überwältigen; und die Hitze des Zimmers, der starke Geruch von Parfüm aus riesigen Porzellangefäßen, mit denen das Zimmer geschmückt war, vervollständigten es; kurz gesagt, obwohl sie an solche Empfindungen überhaupt nicht gewöhnt war, wäre sie beinahe ohnmächtig geworden. Der junge Offizier, der lange Zeit ihr interessantes und liebliches Gesicht beobachtet hatte, sah, wie sie die Farbe wechselte, und sagte hastig: –

„Die Dame ist krank."

„Was ist los, Kind?", sagte die alte Dame . Sie stand hastig auf und löste ihre Haube und die Schnüre ihres Mantels, die zur Seite fielen und genug von ihrer Gestalt enthüllten, um ihre Lage deutlich zu machen.

„Also!", rief die alte Dame ; aber ob der Zwischenruf Überraschung, Freude oder irgendein anderes Gefühl ausdrückte, war nicht leicht zu erkennen. „Machen Sie sich doch die Mühe, die Tür zu öffnen und nach einem Glas Wasser zu klingeln, Colonel Lenox. Die Luft in diesem Zimmer ist tödlich."

„Entschuldigen Sie", sagte Ellen , und die Farbe kehrte in ihre Wangen und Lippen zurück. „Es tut mir leid, dass ich so viel Mühe mache. Mir geht es viel besser."

„Das ist gut", sagte die alte Dame . Inzwischen wurde das Wasser gebracht; Ellen trank etwas davon und bat, nachdem sie sich völlig erholt hatte, um Erlaubnis, nach ihrer Kutsche klingeln zu dürfen.

„Geh noch nicht, Kind", sagte die alte Dame. „Vielleicht wirst du wieder krank."

„Nein, bitte, gehen Sie noch nicht", sagte Lady Meredith, die die ganze Zeit ein Riechfläschchen an ihre Nase gehalten hatte und vorgab, zu überwältigt zu sein, um irgendetwas zur Erleichterung ihres Besuchers zu tun. „Sie haben mir enorme Angst eingejagt; bleiben Sie noch ein wenig, um es wieder gut zu machen; außerdem zittern Sie immer noch und sehen blass aus: Sind Sie anfällig für diese Ohnmachtsanfälle?"

„Nicht im Geringsten", sagte Ellen. „Ich glaube, die Hitze im Zimmer hat mich überwältigt."

„Kein Wunder", sagte die alte Dame , „es ist ein perfekter Ofen und könnte die Nerven des Herkules strapazieren, besonders in Kombination mit dem starken Geruch dieser abscheulichen Gefäße."

„Oh, meine lieben süßen Gläser", rief Lady Meredith, „Sie werden sie ganz bestimmt nicht missbrauchen; an allem anderen können Sie finden, was Sie wollen, aber auf meine süßen Gläser kann ich nicht verzichten: Haben Sie jemals Anna Sewards poetisches Rezept zum Herstellen eines solchen gelesen?"

„Ich nicht", antwortete ihre Freundin in zornigem Ton, „und ich wünsche es auch nie; alle Poesie der Welt sollte mich niemals dazu bewegen, meine Räume mit solchem Unsinn zu füllen."

Während dieses Gesprächs erhob sich das kleine Mädchen, das sich durch das Betrachten der Juwelen und des Nippes müde gefühlt hatte, von ihrem Kissen und sagte :

„Hübsche Mama, zieh das der hübschen Miranda an", und hält ein paar schöne Smaragde hoch.

„Nein, wirklich nicht, Kind. Geh zu Colonel Lenox und bitte ihn, dich zu schmücken. Ich kann mir nicht so viel Mühe machen."

„Nein, Miranda wird nicht; Miranda geht zu einer hübschen, süßen, schönen Dame." Und sie ging zu Ellen, die das reizende kleine Geschöpf bewunderte, es küsste und ihr eine Freude machte, indem sie ihr den glänzenden Schmuck um den kleinen blonden Hals und die Arme legte und einige davon in die Locken ihres glänzenden Haares drehte.

„Jetzt bin ich schön", sagte das Kind und sah sich an. „Ist Miranda jetzt nicht hübsch, Mama?"

„Ja, meine Liebe, schön wie ein Engel: komm und küss mich, mein Liebling."

Das Kind kletterte auf die Kissenladung, legte sein süßes kleines Gesicht dicht an das seiner Mutter und küsste sie.

"Ist sie nicht eine Schönheit und ein Schatz?", sagte die unbesonnene Mutter zum Oberst und drückte das kleine Geschöpf mit einer eher theatralischen als zärtlichen Miene an ihre Brust. Er flüsterte etwas, worauf sie mit gespielter Empörung antwortete: "Oh, du schmeichelhafter Schuft, *das* ist sie, und tausendmal schöner; aber sie wird nie wissen, was ihre Mutter war, denn bevor sie alt genug ist, um das zu erkennen, werde ich entweder tot oder abscheulich sein, und dann wird sie mich hassen." Sie stieß einen tiefen Seufzer aus und sah betrübt aus bei dieser Vorstellung, die das Kind bemerkte, ihre kleinen Arme liebevoll um den Hals ihrer Mutter schlang und antwortete:

„Nein, liebe Mama, Miranda wird dich immer lieben, du bist so schön."

„Sehen Sie", sagte die alte Dame, „welche Wirkung Ihr Unterricht hat. Sie lehren sie, nichts als Schönheit zu lieben, und wenn Sie Ihr gutes Aussehen verlieren würden, würde sie sich natürlich nichts mehr um Sie kümmern."

„Ja, das ist genau das, was ich fürchte."

„Warum versuchen Sie dann nicht, dies zu verhindern, indem Sie ihr vernünftigere Vorstellungen vermitteln? Wenn man sie glauben lässt,

Schönheit und schöne Kleidung seien die einzigen Voraussetzungen für Zuneigung, wenn man ihr nie beibringt, dass Tugend und ein liebevolles Herz allein unvergängliche Wertschätzung gewährleisten können, wird sie zu einem bloßen frivolen Automaten heranwachsen und sich wahrscheinlich dem ersten Gecken mit hübschem Gesicht und rotem Mantel hingeben, der ihr über den Weg läuft."

Der Colonel errötete, lachte und verbeugte sich.

„Nein", sagte die alte Dame, „wenn Sie diesen Charakter auf sich selbst anwenden wollen, dann können Sie das von ganzem Herzen regeln, wie Sie wollen; aber ich vermute, nicht alle Rotröcke sind bloße Gecken."

Lady Meredith und der Colonel lachten, schienen aber selbst mit dieser halben Entschuldigung nicht ganz zufrieden zu sein.

„Nun, aber", sagte Lady Meredith, „was, Ma'am, sollen wir Ihrer Meinung nach mit Miranda machen? Kann ich das Kind daran hindern, zu bemerken, dass Schönheit allgemein bewundert wird?"

„Das", sagte Colonel Lenox und verbeugte sich, „wäre in *Ihrer Gegenwart tatsächlich unmöglich*."

Die alte Dame zuckte mit einem sauren, verächtlichen Stirnrunzeln die Achseln und sagte: „Dann schicken Sie sie auf eine bessere Schule."

"Eine Schule!", antwortete Lady Meredith halb schreiend . "Was, möchtest du, dass ich das liebe Geschöpf von mir wegschicke? Nein, mein einziger Liebling, du sollst mich nie verlassen."

„Pah!", rief die alte Dame mit noch verbitterterer Miene. „Nun, wenn die Mode unbedingt dieses *außerordentliche* Maß an Zärtlichkeit verlangt – denn sehr gute Mütter *haben* ihre Kinder schon früher in die Schule geschickt –, dann besorgen Sie dem Kind wenigstens eine vernünftige und einfühlsame Gouvernante und lassen Sie es sich mit etwas Besserem beschäftigen, als den ganzen Morgen Ihren Schmuck oder auch nur Ihre Schönheit zu bewundern. – Ach! Ich wünschte", sagte sie und wandte sich abrupt an Ellen, „ich wünschte, sie hätte eine Lehrerin wie *Ihre Miss Cecil*."

Ellens Überraschung über diese plötzliche Anrede von jemandem, mit dem noch nicht einmal die Zeremonie der Vorstellung vorüber war, der sie und all ihre Belange jedoch so gut zu kennen schien, nahm ihr beinahe die Kraft zu antworten; sie fasste sich jedoch wieder und sagte, dass jede Mutter denken könnte, die Hälfte ihres Vermögens sei gut angelegt, wenn sie sich damit eine solche Lehrerin kaufen könnte: „Aber", fügte sie hinzu, „solche hervorragenden Eigenschaften, wie Miss Cecil sie besitzt, findet man selten in irgendeiner Lebenslage: Meine Erfahrung in Sachen Charakter ist in der Tat sehr begrenzt, aber Lord St. Aubyn sagt, was Eleganz im Benehmen,

Sanftmut und Geistesstärke angeht, wird man kaum jemals ihresgleichen finden."

Die Mischung aus Bescheidenheit und Elan, mit der sie sprach, schien der alten Dame zu gefallen. Mit einem zustimmenden Nicken nahm sie ihr Fernglas wieder auf und musterte Lady St. Aubyn von Kopf bis Fuß, obwohl sie sah, dass der feste Blick sie in Verlegenheit brachte und sie errötete.

Lady Meredith sagte etwas zu der alten Dame in so leiser Stimme, dass nur das Wort „vorstellen" zu hören war, worauf sie etwas spitz erwiderte: „Nein, ich kann mich selbst vorstellen."

Ellen stand nun noch einmal auf, um zu gehen, und Lady Meredith hielt sie noch eine Minute zurück, um ihr eine große Party zu erwähnen, die sie in etwa drei Wochen veranstalten wollte. Sie sagte, sie würde Lady St. Aubyn hierfür eine Eintrittskarte schicken. Sie bat sie, St. Aubyn zu sagen, dass auch er kommen könne. „Denn ich habe gehört", sagte sie, „man sieht Sie immer zusammen."

„Umso besser", murmelte die alte Dame , die jedoch nebenbei zu sprechen schien, so dass niemand sie beachtete. Sie stand auf, als Ellen das Zimmer verließ, erwiderte ihre anmutige Höflichkeit mit einer nicht unfreundlichen Verbeugung und wünschte ihr mit einer versöhnlicheren Miene als bei ihrem Eintreten einen guten Morgen.

Als Lady St. Aubyn ihrem Lord die Einzelheiten dieses Besuchs erzählte, stellte sie fest, dass es keinen Zweifel daran gab, dass die alte Dame, die sie gesehen hatte, Lady Juliana Mordaunt war: Er ließ sie das Gespräch wiederholen, das stattgefunden hatte, und als sie ihm sagte, dass die alte Dame den respektlosen Ausdruck „ *diese junge Person* " verwendet hatte, als sie von ihr sprach, errötete er übermäßig und verfluchte den Stolz und die Unverschämtheit seiner Tante. Er sagte seiner Frau, sie hätte das Zimmer sofort verlassen sollen. Er lächelte, als Ellen Lady Julianas Aufmerksamkeit und Freundlichkeit erwähnte, als sie in Ohnmacht fiel, und sagte: „Das ist so typisch für sie: Ihr warmes Herz taut das Eis ihrer Manieren auf, wenn sie jemanden krank oder verzweifelt sieht."

Als Ellen die im Gespräch gemachte Erwähnung der verstorbenen Lady St. Aubyn wiederholte, wechselte seine Farbe und er sagte: „Nun, Ellen, waren Sie nicht überrascht? Ich glaube, Sie wussten es nicht – Sie hatten noch nie gehört, dass ich schon einmal verheiratet war."

„Verzeihen Sie, Mylord, ich war bereits mit diesem Umstand vertraut."

„Du wusstest es! – Von wem? Wo hast du es gehört?"

„Von Miss Cecil, von Miss Alton, aus Versehen."

„Und waren sie nicht erstaunt, dass Sie es nicht schon früher gehört hatten?"

„Ich hatte es schon einmal von Mrs. Bayfield gehört, am Tag nachdem wir nach Castle St. Aubyn gefahren waren."

„Von Mrs. Bayfield – hat sie Ihnen davon erzählt? – Sie hat Ihnen davon erzählt – Was, Ellen, hat sie Ihnen noch mehr erzählt?"

„Nichts, Mylord, außer dass Ihre Frau jung und schön war und im Ausland starb."

„Und warum hast du das Thema nie zuvor erwähnt? Warum diese Zurückhaltung, mein Liebling?"

„Weil ich dachte, Sie hätten es lieber nicht erwähnt, weil Sie mir selbst nie davon erzählt haben."

"Liebes Geschöpf!", sagte St. Aubyn seufzend. "Ich hatte immer Grund, die Vortrefflichkeit Ihres Urteils und die Zartheit Ihrer Gefühle zu bewundern. Glauben Sie mir, Ellen, ich verheimliche Ihnen nur die Dinge, von denen ich glaube, dass sie Ihnen wehtun werden. Unsere Bekanntschaft begann unter so merkwürdigen Umständen, dass ich kaum Gelegenheit hatte, Ihnen dies zu erzählen, bevor wir heirateten, und tatsächlich ist mir dieser Name, diese Erinnerung so verhasst, ist mit so vielen schmerzlichen Gedanken verbunden, dass ich es nicht ertragen kann, mich daran zu erinnern, darüber nachzudenken! Warum diese Träne, meine Liebe – sind Sie unzufrieden mit mir?"

„Nein, liebster St. Aubyn. Was immer Sie tun, scheint mir das Klügste und Beste zu sein – aber ich hatte Mitleid – ich dachte –"

„Wen bemitleidetest Du? – Was dachte meine Ellen?"

„Ich bemitleide eine Frau, die Ihre Liebe, die sie einst besaß, so vollständig verlor, dass Ihnen schon ihr Name unangenehm ist. Wenn ich daran denke – ach, Himmel! Wenn ich daran denke – sollte *mir jemals so* etwas zustoßen!"

Sie hielt inne und kämpfte mit einem plötzlichen Tränenschwall und Schluchzen, das sie fast erstickte.

„Unmöglich, unmöglich!" rief St. Aubyn und drückte sie an seine Brust. „Du wirst es nie verdienen, nie Schande und Unehre über meinen Namen bringen und die schlimmsten, die besten Jahre meines Lebens mit Elend vernichten! – Beweg dich nicht, meine beste Liebe, mit diesen schrecklichen Gedanken. Ach, wäre die unglückliche Rosolia wie du gewesen! – Aber oh! wie anders waren ihre Gedanken und Taten! – Schluss damit, beruhige dich, meine Liebe, und erzähl mir, was sonst noch mit dieser seltsamen, stolzen Frau geschah."

Nach einigen Augenblicken hatte sich Ellen soweit erholt, dass sie den Rest des Gesprächs wiederholen konnte. Er schien mit dem Ergebnis sehr zufrieden zu sein und prophezeite im letzten Teil, dass sie bald ein gutes Verhältnis zu Lady Juliana Mordaunt haben würden. Er schien sich dieses Ereignisses so sehr zu wünschen, dass Ellen es sich ebenfalls wünschte. Und tatsächlich hatten der gesunde Menschenverstand und die gerechten Gefühle dieser Dame einen sehr positiven Eindruck auf sie gemacht, obwohl ihr Benehmen so säuerlich und abstoßend war.

An diesem Tag speiste Miss Cecil mit ihren liebenswürdigen Freunden, da sie sonst keine Gesellschaft hatten; tatsächlich verging ihre Essenszeit, abgesehen von ein paar Herren , im Allgemeinen ungestört, da Ellen noch keine Damen gut genug kannte, um mit ihnen zu Abendgesellschaften zu gehen. Der Ruf der männlichen Freunde von St. Aubyn war jedoch so positiv für sie, dass Lady Meredith sich eine intimere Bekanntschaft wünschte und so viel Jugend, Schönheit und Anmut zu ihren Abendgesellschaften brachte, während Lady Juliana erfreut war zu hören, dass sie in ihren Augen weitaus bessere Eigenschaften besaß, nämlich Bescheidenheit, Talente und ein ebenso zartes wie liebevolles Verhalten gegenüber ihrem Ehemann.

Da St. Aubyn eine Verpflichtung hatte, ließ er die schönen Freundinnen nach dem Abendessen allein und sie führten ein langes und vertrauliches Gespräch.

Von Laura erfuhr Lady St. Aubyn, dass sie Lady Juliana gut kannte und dass sie trotz ihrer strengen und verbotenen Manieren und der Freude, die sie zweifellos daran hatte, fast allem zu widersprechen, was sie hörte, eine Frau mit gesundem Menschenverstand war und sich, wenn ihre Wertschätzung erst einmal geweckt wäre, für Ellen mit Sicherheit als treue und wertvolle Freundin erweisen würde: „Besonders", fügte Laura hinzu, „sollte Lord St. Aubyn etwas zustoßen, denn sie ist seine einzige nahe Verwandte, der er die zukünftigen Interessen seiner Frau oder seines Kindes anvertrauen könnte; und so jung und schön Sie auch sind, meine liebe Ellen, denkt St. Aubyn zweifellos, dass eine solche zusätzliche Unterstützung für Sie äußerst wünschenswert wäre." Als sie sah, dass sie tief betroffen war, denn Ellen glaubte nun, den Grund für St. Aubyns Sorge um ihr gutes Verhältnis zu seiner Tante zu erkennen, und brachte sie mit den schmerzlichen Umständen in Verbindung, die er ihr erzählt hatte und die über ihm schwebten, fügte Laura nun mit einem nachdenklichen Lächeln hinzu: „Nein, mein lieber Freund, seien Sie nicht betrübt. Ich habe in letzter Zeit so viel über die Sterblichkeit nachgedacht, dass ich nicht wusste, wie sehr Ihnen diese Andeutung wehtun würde; aber St. Aubyn wird Sie ganz gewiss keinen Augenblick früher verlassen, nur weil ich die Möglichkeit eines solchen Ereignisses angedeutet habe."

Gedanken abzuschütteln , die sich ihr aufdrängten, und fragte Miss Cecil, ob sie viel über die ehemalige Gräfin gekannt habe. „Nicht sehr viel", sagte Laura. „Sie war sehr hübsch, aber ihre Schönheit war so anders als Ihre, dass ich mich oft gefragt habe, wie St. Aubyn dazu kam, zwei so unterschiedliche Frauen zu *wählen* . Allerdings glaube ich kaum, dass ich wählen sagen kann, denn Lady Rosolia de Montfort war nicht so sehr seine Wahl als die seiner Verwandten. Zumindest glaube ich, dass er sie nie als Ehefrau in Betracht gezogen hätte, wenn sie es nicht getan hätten."

„Wer war sie? Erzählen Sie mir doch ein wenig über sie; alle Einzelheiten sind mir völlig fremd."

"Ich weiß nicht viel mehr, als ich Ihnen erzählt habe, außer dass sie die einzige Tochter des verstorbenen Earl de Montfort war, eines entfernten Verwandten von Lord St. Aubyn. Lord de Montfort reiste zu Lebzeiten seines älteren Bruders in diplomatischer Angelegenheit nach Spanien und heiratete dort die Tochter des Herzogs von Castel Nuovo. Diese Heirat mit einem englischen Protestanten wurde lange Zeit von den Verwandten der Dame abgelehnt. Schließlich aber stimmten sie aus Angst und Mitleid mit ihr, deren Zuneigung sie in eine langwierige Krankheit stürzte, die ihre Existenz bedrohte, unter einer Bedingung zu: Die Söhne aus der Ehe sollten römisch-katholisch erzogen und nach dem Tod ihres Vaters bei ihrem Großvater mütterlicherseits untergebracht werden, während sie zuließen, dass die Töchter im protestantischen Glauben erzogen wurden, vielleicht in der Hoffnung, dass der Einfluss einer Mutter auf Frauen sie schließlich auch zu ihrem Glauben bringen könnte. Aber die Gräfin starb jung. Ein Sohn und eine Tochter waren ihre einzigen Kinder, der Junge einige Jahre jünger als seine Schwester. Sie blieben beide bei ihrem Vater (der bald nach seiner Heirat Earl de wurde). Montfort), manchmal in Spanien, manchmal in England, bis zur Hochzeit von Lady Rosolia mit Lord St. Aubyn, obwohl sie häufig Gast seiner Mutter war, sowohl in London als auch im St. Aubyn Castle, wo der junge Edmund auch oft einige Zeit verbrachte: Er war ein sehr feiner und liebenswürdiger Junge und hing übermäßig an seiner Schwester.

Als Lord de Montfort starb, wurde der Sohn von seinem Großvater mütterlicherseits beansprucht, und Lord und Lady St. Aubyn gingen mit ihm nach Spanien, wo sie starb: Berichte sprachen ungünstig über ihr Verhalten während ihres Aufenthalts auf dem Kontinent; tatsächlich ähnelte die Fröhlichkeit ihrer Manieren in England, insbesondere nach dem Tod von Lord St. Aubyns Mutter, eher den Gewohnheiten ausländischer Damen als denen Englands. Es wurde gesagt, dass Lord St. Aubyn im Ausland durch ihr Verhalten in viele unangenehme Situationen verwickelt war: Sicher ist, dass er bei seiner Rückkehr von Melancholie überwältigt schien, was umso außergewöhnlicher war, da allgemein bekannt war, dass sie schon vor ihrer Abreise aus diesem Land nicht sehr liebevoll miteinander gelebt hatten.

„Und was ist aus ihrem Bruder geworden? Wo ist der junge Lord de Montfort?", fragte Ellen. „Er ist seitdem in Spanien geblieben", antwortete Laura. „Aber da er sehr bald volljährig sein wird, muss er dann, nehme ich an, nach England zurückkehren, um seine Besitzungen in Besitz zu nehmen, deren Vormund Lord St. Aubyn ist."

„Oh", dachte Ellen, „sieht St. Aubyn seiner Rückkehr mit so viel Besorgnis und Bestürzung entgegen? Was? Oh! Was ist das für ein seltsames Geheimnis, in das diese Geschichte verwickelt zu sein scheint?"

KAPITEL VI.

„Drinnen war alles strahlend und hell,
eine wimmelnde Szene mit leuchtenden Gestalten:
Es glühte in Ellens geblendeten Augen,
als hätte die untergehende Sonne
dem Sommerabend zehntausend Farbtöne verliehen;
und aus ihren fantasievollen Gestalten erblickten
himmlische Ritter und Feendamen."

Herrin des Sees.

Am nächsten Morgen lehnte Ellen es ab, auszugehen, da sie von den verschiedenen Ereignissen des Vortages, die ihre Stimmung zum Teil beträchtlich aufgewühlt hatten, etwas erschöpft war. Nach dem Frühstück zog sie sich in ihr Ankleidezimmer zurück. Laura ging zur gleichen Zeit in ihr Ankleidezimmer, da sie Briefe an ihren Vater und einige andere Freunde schreiben musste.

Lady St. Aubyn war bald umgeben von ihren Lieblingsbüchern, einigen Karten, einer Zeichnung, die sie gerade fertigstellte, und all den Hilfsmitteln, mit denen sie nun so gut ihre Zeit auszufüllen wusste . In einer Ecke stand eine elegante Harfe, auf der Ellen Unterricht genommen und es sich zu beträchtlichen Fertigkeiten erworben hatte; in einer anderen saß ihre treue Jane und knüpfte fleißig an ihrer Nadel, worin sie sehr geschickt war; und da Ellen es hasste, jemanden untätig zu sehen, beschäftigte sie sie in der Regel entweder mit Feinarbeit oder mit der Herstellung von Wäsche für die Armen; sie aufzuspüren und zu unterstützen war ein Zweig von Janes Beschäftigung. Ein einfacher, wenn auch anmutiger Geschmack bestimmte die Verzierungen und die Einrichtung dieses beliebten Rückzugsortes; man fand hier keine Samtkissen, keine überwältigenden Düfte; alles war elegant, aber auch bescheiden und im Allgemeinen nützlich: ein kleines Bücherregal, eine Portefeuille, eine Netzbox zeigten, dass ihre Bewohnerin gern beschäftigt war.

An einem heiteren Feuer saß diese schöne Bewohnerin nun: die Bescheidenheit ihres Benehmens, die Feinheit ihrer Kleidung passten zu einer Frau, die zwar jung und sogar mädchenhaft war, aber eine Ehefrau und wahrscheinlich Mutter werden würde; kurz gesagt, das Ensemble bildete einen perfekten Kontrast zu der Figur, Kleidung und dem Gemach der luxuriösen Lady Meredith. Es herrschte völliges Schweigen (denn Jane hatte gelernt, dass es ruhig sein musste, wenn ihre Dame es vorzog, was jetzt manchmal der Fall war, sie in ihrem Gemach zu haben) und es hatte mindestens eine halbe Stunde gedauert, als ein Schritt im Vorzimmer zu hören war; und ein Diener klopfte an die Tür. Jane öffnete sie und der Diener bat sie, ihrer Dame zu sagen, dass – Eine Stimme hinter ihm unterbrach ihn mit den Worten: „Sie brauchen sich keine Mühe zu machen, Sir; ich kenne den Weg und werde mich melden." Ellen stand auf und sah überrascht aus, denn Besucher wurden nie in dieses Zimmer geführt. Noch mehr erstaunt war sie, als sie das scharfe Gesicht und die steife Gestalt der alten Dame sah, die sie nun für Lady Juliana Mordaunt hielt. Sie drängte sich an dem Mann vorbei, nickte ihm ausdrücklich zu und sagte: „Sie können gehen, Sir." – Dann ging sie weiter und als sie Jane sah, die aufstand und diesen außergewöhnlichen Besucher anstarrte, sagte sie mit einem weiteren Nicken zu Ellen: „Also, lassen Sie Ihre Zofe an ihrer Nadel arbeiten. Das freut mich. Aber schicken Sie sie jetzt weg, denn ich möchte mit Ihnen sprechen." Als Ellen sah, dass Jane zögerte, sie mit dieser Fremden allein zu lassen, von der das arme Mädchen zu glauben begann, sie sei verrückt, sagte sie ihr, sie solle in ihr eigenes Zimmer gehen, und sie sammelte ihre Arbeit ein und gehorchte sehr bereitwillig. Allerdings ging sie zur Haushälterin und sagte ihr, sie halte es für besser, wenn sie beide ins Vorzimmer gingen und dort blieben, denn sie glaubte wirklich, eine Verrückte sei in das Ankleidezimmer ihrer Lady gegangen. „Unsinn!" sagte die Haushälterin: „Ich habe die Dame hinaufgehen sehen: es ist die Tante meines Lords, Lady Juliana." Diese Nachricht beruhigte Jane, die wirklich Angst um Ellen hatte, an die sie eine zärtliche Bindung aufgebaut hatte.

Als Lady Juliana in der Zwischenzeit sah, dass Ellen noch stehen blieb, sagte sie: „Setz dich, Kind, und hab keine Angst." Ellen gehorchte gern, denn sie konnte nicht anders, als sich durch Lady Julianas seltsame Besuchsweise ein wenig aufgeregt zu fühlen.

Die alte Dame sah sich im Zimmer um und sagte nach kurzem Zögern: „Wie ich sehe, sind Sie eine unmoderne junge Frau. Arbeit, Bücher, Karten und die Möbel sind noch fast so wie vor sieben Jahren! Was, hat Ihnen niemand gesagt, Kind, dass das ganze Haus neu möbliert werden sollte?"

„In der Tat, Ma'am, wenn sie es getan hätten, hätte ich ihnen keine Beachtung geschenkt", sagte Ellen. „Ich muss in der Tat ein seltsames, undankbares Geschöpf sein, wenn die prächtige Einrichtung dieses Hauses meinen Wünschen nicht mehr als entsprochen hätte."

„Umso besser, das freut mich", erwiderte Lady Juliana. – „Kennen Sie mich?" fügte sie hinzu und wandte sich in ihrer üblichen abrupten Art an Ellen.

„Ich glaube – ich denke, ich kann es erraten."

„Oh, ich nehme an, Sie erzählten St. Aubyn, Sie hätten bei Lady Meredith eine mürrische, unangenehme alte Frau getroffen, und er sagte Ihnen, es müsse seine Tante gewesen sein, Lady Juliana Mordaunt."

„In der Tat, Madam", sagte Ellen und errötete ein wenig angesichts einer Aussage, die der Wahrheit so nahe kam.

„Nein, lüge nicht, Kind", antwortete die alte Dame unverblümt . „Ich hasse Schmeicheleien; außerdem lässt dein Gesicht das nicht zu. Ich weiß, was ich bin, und das ist mehr, als jeder sagen kann. Und verbringst du deine Morgen normalerweise auf diese Weise?"

„Im Allgemeinen, es sei denn, mein Herr wünscht, dass ich mit ihm irgendwohin gehe."

„Und was machst du abends?"

„Lord St. Aubyn, Miss Cecil und ich sitzen zusammen: Wir netzen oder arbeiten, während er uns vorliest, es sei denn, Miss Cecil ist gut gelaunt genug, um uns etwas Musik zu machen."

„Und hast du keine Ahnung, Kind, wie lächerlich die Leute von Welt das alles finden?"

„Es tut mir leid."

„Aber werden Sie an diesem Plan festhalten?", lächelte Ellen.

„Und wollen Sie so weitermachen, die ganze Zeit, die Sie in der Stadt sind?"

„Vielleicht nicht unbedingt. Ich soll noch ein wenig mehr von den öffentlichen Plätzen sehen; aber mein Herr wollte, dass ich warte, bis –"

mir auch gleich sagen , denn ich sehe, Sie haben eine altmodische Art, Ihre Gedanken auszudrücken."

„Es ist wahr, Eure Ladyschaft sieht in mir jemanden, der so wenig an die Gewohnheiten der großen Welt gewöhnt ist, dass ich noch nicht gelernt habe, mich zu verstellen. Erlauben Sie mir, ohne missmutig zu sein, zu sagen, dass Lord St. Aubyn sich eifrig eine Anstandsdame zu beschaffen wünschte, deren Billigung einwandfrei sein sollte – kurz gesagt, Lady Juliana Mordaunt."

„Ich glaube, Sie sind doch ein bisschen schmeichlerisch", sagte Lady Juliana und lächelte entspannt. „Bei all Ihrem Gerede von Aufrichtigkeit glaube ich kaum, dass St. Aubyn überhaupt an mich dachte; und wenn er es tat, konnte er sich vorstellen, dass ich den Schock, den er meinem Stolz zufügte, jemals überwinden könnte, indem ich *Sie heiratete – nennen Sie es Vorurteil, wenn Sie wollen* – denn ich liebe es, offen zu sein, Kind. Ich weiß nicht, ob es jetzt alles vorbei ist – ich mag Sie; und wenn Sie weiterhin so bescheiden und ungekünstelt bleiben wie jetzt, Ihren Hals und Ihre Arme bedeckt halten und Ihrem Herrn einen Erben schenken, damit diese de Montforts seinen Titel nicht erben, werde ich Sie lieben und alles tun, was ich kann, um Ihnen beizustehen und Sie zu unterstützen."

Als sie sah, dass Ellen bei dem letzten Hinweis errötete, fügte sie hinzu: „Nein, du brauchst nicht zu erröten, obwohl ich es gern sähe, dass du es kannst. Denn ich verspreche dir, dass die Wahrnehmung der Wahrscheinlichkeit eines solchen Ereignisses mehr dazu beigetragen hat, mich mit dir zu versöhnen, als all deine Schönheit und dein Verdienst es hätten tun können. Pass also auf dich auf und enttäusche mich nicht. Und jetzt, meine Liebe, küss mich und nenne mich *Tante*, wann immer es dir gefällt."

Ellen beugte sich bescheiden und anmutig nach unten, um die Umarmung der alten Dame entgegenzunehmen, und in diesem Augenblick öffnete St. Aubyn die Tür zum Ankleidezimmer und fand die beiden Menschen, die er am meisten auf der Welt liebte, in den Armen des anderen, mit Tränen der Zärtlichkeit auf den Wangen beider.

„Was sehe ich?", rief er aus. „Ist das möglich?"

„Ja", sagte Lady Juliana, „es ist durchaus möglich, dass Sie eine dumme alte Frau sehen, die Sie zu sehr liebt, um jemanden nicht zu lieben, der Ihnen so lieb und so liebenswert ist."

St. Aubyn küsste respektvoll und liebevoll die Hand, die sie ihm gab, und rief, während er Ellen in die Arme nahm: „Meine liebste Ellen, wie glücklich hat mich das alles gemacht!"

"Kommen Sie, beunruhigen Sie sie nicht mit Ihren Verzückungen", sagte Lady Juliana. "Sie ist ein gutes Mädchen, und ich glaube, wir werden sehr glücklich miteinander sein. Aber ich finde, Sir, Sie haben ausgerechnet auf mich gewartet, um Ihre Lady zu all den schönen Orten zu begleiten: Ich habe genug davon, und in meinem Alter weiß ich nicht, was ich in Opern, Bällen und Theaterstücken zu suchen habe: Um Ihnen und *meiner Nichte jedoch einen Gefallen zu tun*, werde ich gehen, wohin Sie mich wünschen. Ich glaube nicht, dass sie mich zu Tode ermüden wird: Ich werde heute mit Ihnen zu Abend essen, und wenn Sie sich entscheiden, einen Ihrer Leute nach Drury Lane gehen zu lassen und nachzufragen, ob es Plätze gibt, können wir uns heute Abend das Oratorium anhören."

Er war entzückt von dieser Rede – denn St. Aubyn kannte seine Tante gut genug, um sicher zu sein, dass sie ihre Nichte weder genannt noch zum Abendessen mit ihnen geblieben wäre, wenn sie nicht durch und durch zufrieden mit Ellen gewesen wäre – und so nahm er das freundliche Angebot bereitwillig an.

Sie aßen etwas früher als gewöhnlich zu Abend, damit sie rechtzeitig zur Eröffnung des Oratoriums da waren, das Ellen unbedingt hören wollte. Laura Cecil speiste als Kompliment an Lady Juliana mit ihnen und war ganz entzückt, die Zuneigung und sogar den Respekt zu sehen, mit dem sie Lady St. Aubyn behandelte: denn Lady Juliana war kein Mensch, der Dinge halbherzig tat; und nachdem sie ihre eigenen Vorurteile einmal überwunden hatte, war sie entschlossen, ihrer Nichte gegenüber jeder anderen Person so viel Aufmerksamkeit wie möglich zu schenken, und wäre äußerst wütend auf jeden gewesen, der es gewagt hätte, sie auch nur halb so verächtlich zu behandeln wie am Tag zuvor. Einmal eine Freundin, war sie eine Freundin fürs Leben, es sei denn, das Objekt ihrer Zuneigung erwies sich als wirklich unwürdig , und dann hasste sie mit ebenso viel Wärme, wie sie geliebt hatte.

Miss Cecil ließ sich nicht überreden, mit ihnen ins Theater zu gehen; und tatsächlich war Ellen später froh darüber, denn viele der Lieder waren jene, die die heilige Julia mit so viel Lieblichkeit und Ausdruck zu singen pflegte; und so vorzüglich sie jetzt auch aufgeführt wurden, so fehlte Ellen doch immer noch etwas. Die Seele, die sonst Julias Augen belebte, während sie sang, war nicht da. Die Lippen, die jene heiligen Klänge gehaucht hatten, waren so rein, so geheiligt, dass all die Wunder der Stimme und Wissenschaft, die jetzt zu ihrer Unterhaltung verschwendet wurden, Ellens Seele nicht den Schmerz wettmachen konnten, den sie fühlte, als sie sich daran erinnerte, dass diese Augen, diese Lippen für immer geschlossen waren.

„Stumm war die Musik ihres melodischen Atems und
erlosch das Strahlen ihrer funkelnden Augen."

Nach diesem Abend wurden Ellens Verabredungen häufiger; doch wurde sie nie in der Öffentlichkeit gesehen, außer mit Lady Juliana und selten ohne ihren Lord. Vergeblich diktierte die Mode oder griff sie lächerlich an: der schlaue Blick, der spitze Sarkasmus waren beide vergeblich: Sie wusste, dass sie sicher war, ihr Ruf war gesichert, mit so respektablen Beschützern; doch war nichts Aufdringliches oder Förmliches in St. Aubyns Aufmerksamkeit für seine schöne Frau: er war weder unzertrennlich von ihrer Seite, noch unfähig, einer anderen Dame Aufmerksamkeit zu schenken, noch erwartete er von Ellen, nie mit einem anderen Gentleman zu sprechen. Doch war es offensichtlich, ohne aufdringlich zu sein, dass jeder das Wichtigste für den anderen war und dass ihre gegenseitige Ehre und ihr Glück für beide das Wichtigste waren.

Daher drang keine dreiste und abstoßende Schmeichelei an Ellens Ohren; keine vorlaute, kokette Frau wagte es, ihr das Herz von St. Aubyn streitig zu machen; ihr Charakter war so rein, so makellos, dass, obwohl sie plötzlich in einen Rang erhoben worden war, der leicht den Neid derer erregen konnte, die dachten, sie hätten einen besseren Anspruch darauf, nicht einmal die dreiste Freiheit der Zeit, in der wir leben, es wagte, auch nur eine Silbe gegen sie zu verlieren.

So verging die Zeit bis Ende April, dem Tag, an dem Lady Merediths berühmtes Fest stattfinden sollte, das die ganze Welt in Aufruhr versetzte. Von den eingeladenen Personen wurde erwartet, dass sie Maskenkleider trugen, und das Haus erschien in Maskenkleidern, ebenso wie die Gesellschaft. Das Ganze war für diesen einen Abend in einem phantasievollen Stil und mit enormem Aufwand neu eingerichtet worden; und das Kleid Ihrer Ladyschaft selbst war buchstäblich mit Juwelen bedeckt: Sie trug die Gewänder und Verzierungen einer orientalischen Schönheit, und ihre Kleidung war genau der von Lady MW Montague für die schöne Fatima beschriebenen nachempfunden, nur, wenn möglich, noch reicher und prächtiger; und, wenn möglich, noch mehr darauf ausgerichtet, die Figur zur Schau zu stellen und zu schmücken. Keine Worte können der Großartigkeit und Pracht des gesamten Festes gerecht werden: Die Bow-Street-Beamten an der Tür und Mr. G. und seine Männer, die Eis und andere Erfrischungen in einem Raum servierten, der wie ein Kasino in Neapel eingerichtet war und einen Panoramablick auf die schöne Bucht usw. bot, verliehen dem Fest alle Merkmale eines modernen Festes; und die vielen bunten Kleider, strahlenden Dekorationen, Lichter und die Musik ließen das Ganze für Ellen eher wie einen Palast aus einem Märchen erscheinen als wie irgendetwas, „was die Erde besitzt". Sie trug einen schwarzen Dominostein, allerdings mit einem sehr schönen Satz Diamanten, den Lady Juliana ihr am Abend zuvor geschenkt hatte. Unter ihnen befand sich eine Art Krone oder Kranz, der Jasminzweige und kleine Weinblätter darstellen sollte, zur Erinnerung an das, was St. Aubyn aus diesen einfachen Materialien geflochten hatte, als er ihr seinen wahren Rang offenbarte. Denn Lady Juliana hatte die ganze Geschichte gehört und war über diesen kleinen Vorfall sehr erfreut.

Ihre Gesellschaft bestand aus Lord und Lady St. Aubyn, Lady Juliana und Sir Edward Leicester, einem besonderen Freund von St. Aubyn, einem sehr liebenswürdigen jungen Mann, der von Laura Cecil sehr entzückt zu sein schien und ihr große Aufmerksamkeit schenkte, wann immer er die Gelegenheit hatte, mit ihr zusammen zu sein. Sie verbrachten einen sehr angenehmen Abend: Er endete mit einem herrlichen Abendessen, bei dem die ganze Gesellschaft ohne Maske erschien und die überragende Schönheit von Lady St. Aubyn von allen anerkannt wurde .

Ein paar Nächte später gingen Lord und Lady St. Aubyn, Lady Juliana, Lady Meredith und ihr Lieblingsverehrer, Colonel Lenox, in die Oper: Die Unterhaltung des Abends war zufällig die wunderschöne Oper von Artaserse. Ellen, die sich in Entzücken über die prächtige Bühnendekoration, die exquisite Schönheit der Musik und das Interesse an der Geschichte verlor, die sie dank der Handlung und da sie sie auf Englisch gelesen hatte, sehr gut verstand, nahm kaum etwas um sie herum wahr, bis zu der Szene, in der Arbace des Mordes am König beschuldigt wird. Als sie sich dann umdrehte, um mit St. Aubyn zu sprechen, der hinter ihr saß, sah sie ihn bleich, aufgeregt und zitternd: „Was ist los?", fragte sie mit alarmierter Stimme; doch er drückte seine Hand auf ihren Arm und sagte leise: „Sei still – beachte mich nicht."

In diesem Moment hauchte die Stimme des Sängers, der Arbace vortrug, in ergreifendstem Tonfall: „Sono Innocente", worauf Artaserse antwortete:

Aber O Arbace, du beschuldigst dich, du bist
dran!

Ein unterdrückter Seufzer, der fast einem Stöhnen glich, drang aus St. Aubyn an Ellens Ohr. Er fasste sich ein wenig und flüsterte: „Denk daran, Ellen, *auch ich bin unschuldig* !"

Trotz der Vorsicht, mit der er sprach, drehte sich Lady Meredith um und fragte ihn, ob es ihm unwohl gehe.

„Ich habe schreckliche Kopfschmerzen", antwortete er und zwang sich, gelassener zu wirken.

„Sie sehen wirklich blass aus, Mylord", erwiderte Lady Meredith, „und Lady St. Aubyn scheint von dieser ergreifenden Szene völlig überwältigt zu sein."

Sie sprach von der Oper, doch St. Aubyns Gesicht wurde dunkelrot. Er klagte über die unerträgliche Hitze, stand auf und verließ die Loge.

„Du meine Güte!", sagte Lady Juliana. „Was ist los?"

„Nur Lord St. Aubyn klagt über Kopfschmerzen", sagte Lady Meredith.

„Oh, ich weiß, was es ist", antwortete Lady Juliana. „Mein Neffe hasst es, gestört zu werden, wenn er der Musik lauscht. Und ich nehme an, Sie, Lady Meredith, haben mit ihm gesprochen, wie Sie es in der Oper immer tun."

Lady Meredith lachte nur; und als St. Aubyn bald darauf zurückkam, geschah nichts weiter. Als die Oper zu Ende war und St. Aubyn und Ellen allein im Wagen waren, wirkte er immer noch so unruhig und aufgeregt, dass Ellen es sich nicht verkneifen konnte, ein paar Worte an ihn zu richten, die ihre Neugier, wenn nicht gar ihre Beunruhigung zum Ausdruck brachten. Eine Zeit lang wich er ihren zärtlichen Fragen aus; doch schließlich ergriff er ihre Hände mit einer Geste, die äußerste Erregung ausdrückte, und wiederholte seine früheren Worte noch einmal: „Denk daran, Ellen, oh, denk daran, dass auch ich unschuldig bin!"

„Ich weiß es, ich bin dessen sicher", erwiderte sie. „Aber warum verraten Sie mir so nur halbe Sachen? Warum quälen Sie sich und mich mit diesen geheimnisvollen Andeutungen?"

„Ach, warum denn?", sagte er. „Ich sollte mich besser beherrschen, aber dieser Anblick – dieses verhängnisvolle Instrument einer grauenhaften Tat! Wie falsch der Anschein ist, und doch wie überzeugend!"

„Für mich", antwortete sie, „ist und wird der Schein nichts bedeuten, wenn er Ihrer einzigen Behauptung widerspricht, meinem Vertrauen in Ihre Integrität."

„Tausendtausend Dank", antwortete er, „für die süße Versicherung! Bald, vielleicht zu bald, werden Sie auf die Probe gestellt!"

„So viel Vertrauen und so viel bedingungsloses *Vertrauen verlangte St. Aubyn* von seiner Frau, und das bei einem so *mysteriösen* Verhalten. War er bereit, ihr, wenn er dazu aufgefordert würde, einen gleichen Anteil zu gewähren?"

KAPITEL VII.

Denkst du, ich werde mein Leben aus Eifersucht führen und
weiterhin mit neuen Vermutungen den Veränderungen des Mondes folgen
? – Nein, einmal im Zweifel zu sein,
bedeutet, sich zu entscheiden – Ich werde sehen, bevor ich zweifle, und
beweisen, was ich zweifle.

OTHELLO.

Nach der Szene in der Oper, die ihr Vergnügen dort endgültig verdarb, war
Lady St. Aubyn einige Tage lang überhaupt nicht geneigt, an den lustigen
Partys teilzunehmen, die zu ihrer Unterhaltung angeboten wurden: Sie war
düster und fühlte sich bedrückt, was ihre Gesundheit in gewissem Maße
beeinträchtigte. Jemand sagt: „Der Glaube an *Vorahnungen* ist der beliebteste
Aberglaube gefühlsbetonter Gemüter", und Ellen war sicherlich nicht ganz
frei davon. Lady Juliana und Miss Cecil bemerkten die Wirkung, ohne die
Ursache zu kennen, und da sie annahmen, es handele sich lediglich um eine
vorübergehende Unpässlichkeit, überredeten sie sie, ein oder zwei Tage ruhig
zu Hause zu bleiben. Als sie jedoch feststellten, dass die nervöse Depression,
unter der sie litt, durch Nachsicht noch verstärkt wurde, dachten sie, ein
maßvolles Maß an Unterhaltung könnte sie lindern, und überredeten sie,
nach Covent Garden zu gehen, um Mrs. Jordan in einer beliebten Komödie
zu sehen.

Laura zeigte sich noch nicht in der Öffentlichkeit; Ellen ging deshalb nur mit
St. Aubyn und Lady Juliana zum Stück. Dort gesellten sich zwei oder drei
Herren zu ihnen, unter ihnen Sir Edward Leicester, der zwischen den Akten
so viele Fragen nach Miss Cecil stellte und so hoch von Lady St. Aubyns
„charmanter Freundin" sprach, dass sie davon überzeugt war, dass er sich
sehr für alles interessierte, was Laura betraf. Dies bereitete Ellen große
Freude, die so viel von Sir Edward hielt, dass sie wünschte, es möge ihm
gelingen, die Voreingenommenheit auf Gegenseitigkeit aufzubauen. Sie alle
waren äußerst zufrieden mit dem Stück. Wer, der Mrs. Jordan jemals spielen
sah, war anders? Und Lady Juliana war erfreut, Ellen so fröhlich wie immer
zu sehen. Sie beschlossen, die Farce nicht zu unterbrechen, und als sie am
Ende des Stücks feststellten, dass die Kutsche wartete, verließen sie die Loge.
Lady Juliana war ziemlich schüchtern und nicht sehr geschickt, wenn es
darum ging, in eine Kutsche zu steigen, also gab St. Aubyn ihr seinen Arm
und bat Sir Edward, sich um Lady St. Aubyn zu kümmern.

Als sie die Eingangshalle durchquerten, trat ein Herr versehentlich auf Ellens
Schleppe und verfing sich in seinem Sporn, wodurch sie eine halbe Minute
aufgehalten wurde, bevor sie sich lösen konnte. Er bat sie um Verzeihung
und ging weiter. St. Aubyn und seine Tante, die den Umstand nicht

bemerkten, waren der Gräfin und Sir Edward einige Schritte vorausgegangen. In diesem Moment drängten sich zwei oder drei junge Männer ziemlich grob an ihnen vorbei, und Sir Edward streckte die Hand aus und sagte: „Passen Sie auf, meine Herren, Sie belästigen die Dame."

Einer von ihnen drehte sich um, blickte Ellen ins Gesicht und rief:

„Beim Himmel, sie ist es ! Sie ist Ellen Powis!"

Lady St. Aubyn erschrak bei dem Namen, warf einen Blick auf ihn und erkannte Charles Ross augenblicklich. Doch bevor sie ihn ansprechen konnte, was sie gerade auf freundliche Art und Weise tun wollte, stampfte er heftig mit dem Fuß auf und rief mit einem Gesichtsausdruck, der äußerste Wut zum Ausdruck brachte , und einem furchtbaren Fluch aus:

„Ist dies der Schurke, der dich zugrunde gerichtet hat? – Aber wo ist denn der verfluchte Mordaunt? Ach, Ellen! Verlassenes , elendes Mädchen, bist du denn schon so verloren?"

Blass und nach Luft schnappend angesichts dieser schockierenden Worte klammerte sich Ellen noch fester an Sir Edwards Arm und sagte mit schwacher Stimme: „Um Gottes Willen, lassen Sie mich durch!"

„Was meinen Sie, Sir?", fragte Sir Edward grimmig. „Sind Sie betrunken oder verrückt? Wie können Sie es wagen, diese Dame zu beleidigen? "

„Und wie können Sie es wagen, Sir", antwortete Charles und näherte sich in drohender Haltung, „mir ins Gesicht zu sehen, nachdem Sie sie von ihren Freunden und denen, die sie liebten, abgeworben haben?"

„Verrückter!", antwortete Sir Edward und stieß ihn mit einer Hand beiseite, während er mit der anderen die inzwischen fast ohnmächtige Ellen stützte. „Meine Herren, ich bitte Sie, ihn in Sicherheit zu bringen, bis ich diese Dame in ihre Kutsche gesetzt habe, und dann bin ich bereit, ihm jede Erklärung zu geben, die er wünscht."

Einige der Herren , die sie inzwischen umringt hatten und Charles kannten, sagten zu ihm: „Kommen Sie, Ross. Sie liegen völlig falsch. Dieser Streit wird jedenfalls nicht weitergehen."

In diesem Augenblick setzte St. Aubyn seine Tante in die Kutsche, wunderte sich über Ellens Verspätung und kehrte zurück , um sie zu suchen. Erstaunt über das, was er sah, rief er aus:

„Um Himmels Willen, was ist denn los? Mein Liebling, was macht dich so blass? Hat es jemand gewagt, dich zu beleidigen?"

„Oh, Sie sind da, Sir, wirklich“, sagte Charles. „Ich kenne Sie. Ich habe Sie einmal gesehen und dann vorhergesagt, was geschehen ist. Sie sind der Mann, der mir Genugtuung verschaffen muss.“

"Pah! Er ist verrückt, völlig verrückt", rief Sir Edward. "Achten Sie nicht auf ihn. Er weiß nicht, wovon er spricht."

Die Umstehenden begannen derselben Meinung zu sein, und tatsächlich machten sein wütendes Gesicht und die Heftigkeit seiner Gestikulationen sowie die scheinbare Widersprüchlichkeit seiner Worte diese Annahme äußerst wahrscheinlich. Sie hielten ihn daher mit Gewalt fest und sagten: „Gehen Sie weiter, meine Herren, und kümmern Sie sich um die Dame. Wir werden verhindern, dass er Ihnen folgt.“ Ross‘ Freunde nahmen an, dass der Wein, von dem sie wussten, dass er ihn getrunken hatte, ihn beeinflusst hatte oder dass ihn eine plötzliche Raserei gepackt hatte. Sie waren unter den Ersten, um ihn festzunehmen, besonders als ein Herr, der jetzt hinzutrat, sagte, der Herr und die Dame seien der Graf und die Gräfin von St. Aubyn. Aber Charles war zu empört, um das oder irgendetwas anderes zu hören, und rief ihnen laut hinterher, stampfte wütend mit den Füßen und fluchte schrecklich:

„Gemeine, abscheuliche Feiglinge, kommt zurück. Ich bin nicht verrückt. Gebt das elende Mädchen auf: lasst mich sie zu ihrem Vater bringen – zu meinem, der sie geliebt hat. Mordaunt, gemeiner, hasserfüllter Mordaunt! Dich rufe ich – Kommt zurück, sage ich!“

St. Aubyn drehte sich um, und wenn Ellen nicht halb ohnmächtig an ihm gehangen hätte, hätte er der Aufforderung Folge geleistet; denn er wusste, dass der Name an ihn gerichtet war, und er ahnte leicht, wer der vermeintliche Verrückte war und wie der Fehler zustande gekommen sein könnte, der zu seinen Beleidigungen führte; doch Sir Edward sagte: „Sie werden nicht zurückgehen, St. Aubyn, er ist verrückt; und wenn nicht, ist es meine Aufgabe, ihn zu züchtigen.“

„Ist das nicht Charles Ross?“, sagte St. Aubyn zu Ellen.

„Ja“, antwortete sie schwach, „aber gehen Sie nicht zurück, er ist ganz sicher von Sinnen.“

Inzwischen hatten sie die Kutsche erreicht. Er setzte sie hinein und schloss die Tür. Dann sagte er: „Warten Sie einen Augenblick, seien Sie nicht beunruhigt, ich muss mit ihm sprechen.“ Und dann rannte er zurück, Sir Edward folgte ihm.

Ross hatte sich, sobald sie außer Sichtweite waren, von den Umstehenden gelöst und eilte mit rasender Gewalt, um sie einzuholen. Als er die beiden Herren sah, ging er auf sie zu und sagte:

„Sie haben es also für richtig gehalten, zurückzukommen; aber was haben Sie mit dem unglücklichen Mädchen gemacht?"

„Ihrem Vater zuliebe, Mr. Ross", sagte St. Aubyn, „da ich Sie jetzt kenne, werde ich geduldig sein und es Ihnen erzählen."

„Was können Sie mir mehr sagen, als ich bereits weiß?", rief Ross und unterbrach ihn mit wütender Heftigkeit. „Können Sie leugnen, dass Sie sie verführt haben, die ich mehr liebte als meine eigene Seele? Haben Sie sie nicht mit nach London gebracht? Ich weiß alles, Sir: Die Frau, bei der Sie wohnten, hat Sie durchschaut. Sie sah, wie Sie meine sanfte, unschuldige Ellen betrogen hatten."

„Was sind das für Worte?", rief St. Aubyn hochmütig. „Woher kommt dieser schändliche Irrtum?"

„Schurke!" rief Charles mit wilder Ungestümheit, „leugnen Sie Ihre Verbrechen nicht, sondern geben Sie mir die Genugtuung eines Gentlemans."

„Sie benehmen sich nicht wie einer", sagte St. Aubyn, „aber hier ist meine Karte. Ich bin immer zu finden und werde Ihnen jede Genugtuung zukommen lassen, die Sie verlangen."

Er warf Charles eine Karte mit seiner Adresse zu, der St. Aubyn hastig eine seiner Karten gab.

"Das soll nicht sein", sagte Sir Edward. "Ich war der erste, der beleidigt wurde. Diese Angelegenheit ist meine."

„Machen Sie es, wie Sie wollen", sagte Charles. „Kommen Sie, einer oder beide, ich bin bereit."

„Sehr gut", sagte St. Aubyn, „morgen stehen wir Ihnen zu Diensten. Kommen Sie, Sir Edward, Ellen wird zu Tode erschrocken sein." Sie eilten weiter, und Ross verließ das Theater, indem er die Anwesenden grob beiseite schob.

St. Aubyn und Sir Edward machten sich nun so schnell wie möglich auf den Weg und fanden die Gräfin halb ohnmächtig in den Armen von Lady Juliana.

„Um Gottes Willen", sagte dieser, als sie die Tür öffneten, „was ist los? Was hast du getan? Konntest du keine Zeit oder keinen Ort zum Streiten finden, außer in Gegenwart dieses armen Mädchens?"

„Um Himmels Willen, Madam", sagte St. Aubyn, nachdem er den Dienern befohlen hatte, weiterzufahren, „sprechen Sie nicht so. Ist mir das Wohl dieses lieben Geschöpfes so wichtig oder bin ich so streitsüchtig, dass ich es zu einem solchen Zeitpunkt suchen sollte?"

Dann ließ er Ellen sich an ihn lehnen und beruhigte sie mit den liebevollsten und zärtlichsten Ausdrücken.

„Oh", sagte sie, wieder zu sich kommend, „ist er weg? Lieber St. Aubyn, sag mir, bist du in Sicherheit, hat er dir etwas getan?"

„Nein, nein, mein Liebling. Sei ruhig, alles ist vorbei. Er ist zufrieden weggegangen."

"Zufrieden!", antwortete sie. "Was könnte er damit meinen? Glaubst du, er ist verrückt, oder liegt es am Wein oder an einem Irrtum?"

„Ich weiß es nicht", sagte St. Aubyn hastig. „Aber seien Sie beruhigt – er ist weg – wir werden nichts mehr von ihm hören."

„Oh, sind Sie sicher – sind Sie ganz sicher? Liebe Lady Juliana, sagen Sie mir: Kann ich mich darauf verlassen? Sie sagten etwas von einem Duell."

„Dann habe ich wie ein Narr geredet, falls das der Fall war", erwiderte Lady Juliana, „aber ich kann mich an nichts davon erinnern."

„Ein Duell – lächerlich!" sagte St. Aubyn und tat so, als würde er lachen. „Ich versichere Ihnen, Ellen, alles ist vorbei. Bitte seien Sie ruhig. Es gibt nichts zu befürchten."

Lady Juliana wusste es besser, aber in ihrer Angst um Ellen tat sie so, als ob sie glaubte, was St. Aubyn sagte, und gemeinsam gelang es ihnen, die Gräfin vollkommen zu täuschen, die, da sie die Gepflogenheiten der Welt nicht kannte und nicht alles wusste, was geschehen war, leicht irregeführt werden konnte. Sie beruhigte sich daher in der Hoffnung, dass alles in Ordnung sei, obwohl sie immer noch zitterte und so aufgeregt war, dass Lady Juliana, nachdem sie mit ihr nach Hause gegangen war, wartete, bis sie sie im Bett gesehen hatte; und da sie wünschte, sie möge vollkommen ruhig gehalten werden, kehrte sie ins Wohnzimmer zurück und versuchte, von St. Aubyn und Leicester zu erfahren, was geschehen war und was wahrscheinlich das Ergebnis sein würde; aber sie schalt oder befragte die beiden vergebens: Beide beharrten auf der Geschichte, dass Ross sich entschuldigt hatte, und alles war vorbei.

Etwas zufriedener, wenn auch nicht völlig überzeugt, verließ Lady Juliana sie bald darauf, allerdings entschlossen, das Verhalten ihres Neffen ein wenig im Auge zu behalten, da sie mit dessen Temperament zu gut vertraut war, um anzunehmen, dass eine solche Angelegenheit ohne weitere Beachtung übergangen würde.

St. Aubyn versicherte Ellen, dass aus dieser Angelegenheit nichts mehr werden würde, so dass sie, erschöpft von der Aufregung, die sie durchgemacht hatte, bald in einen tiefen Schlaf fiel und am Morgen vollkommen erfrischt und gefasst aufwachte. Auf St. Aubyns Bitte hin blieb sie jedoch länger als gewöhnlich im Bett. Laura Cecil saß an ihrer Seite und gab ihr ihr Frühstück, wonach sie so vollkommen gesund erschien, dass keine Einwände gegen ihr Aufstehen erhoben wurden .

Inzwischen hatte St. Aubyn an seinem Frühstückstisch folgende Nachricht erhalten:

Mein Herr,

Aus der Karte, die Sie mir gestern Abend gegeben haben, erkenne ich, dass der Name *Mordaunt* nur gewählt wurde, um die schwärzesten Absichten und die abscheulichste Niedertracht zu verbergen.

Wenn Sie sich nicht auf Ihr Privileg berufen möchten, verlange ich ein Treffen mit Ihnen morgen früh um sieben Uhr auf Wimbolton Common. Ich hoffe, dass ich mein Unrecht und das der verletzten Ellen mit dem Blut eines Schurken sühnen kann.

Ich werde Pistolen und einen Freund mitbringen.

CHARLES ROSS.

Acht Uhr, Mittwochmorgen.

Darauf antwortete St. Aubyn:

Herr,

Ich werde zu der von Ihnen genannten Zeit am vereinbarten Ort sein. Sir Edward Leicester wird mich begleiten.

ST. AUBYN.

Nachdem er diese lakonische Antwort abgesendet hatte, ging der Graf in Ellens Ankleidezimmer . Laura hatte sie gerade verlassen; nur Jane war bei ihr. Als er eintrat, las Ellen gerade eine Notiz, die sie, als sie ihn sah, hastig zusammenfaltete und in den Busen ihres Morgenkleides steckte. Sie schien ein wenig aufgeregt und hatte Tränen in den Augen, aber sie eilte ihm entgegen und sagte:

„Mein lieber St. Aubyn, man hat mir gesagt, Sie wären ausgegangen."

„Nein, meine Liebe", sagte St. Aubyn, ein wenig überrascht über die hastige Art, in der sie sprach; „aber ich gehe bald aus."

„Sollen Sie die Kalesche oder den Streitwagen nehmen?"

„Keines von beiden. Ich werde zu Fuß zu Sir Edward Leicester gehen. Aber warum? Gehen *Sie* aus?"

„Ja, gleich. Ich glaube, ein bisschen Luft wird mir gut tun."

„Wäre es nicht besser, wenn Sie still wären? Sie wissen, dass meine Tante Sie ausdrücklich darum gebeten hat. Sie wird bald hier sein. Gehen Sie nicht, bevor Sie sie gesehen haben, und auch dann nicht, wenn sie Ihnen nicht dazu rät.“

„Aber ich versichere Ihnen, Mylord, es geht mir vollkommen gut, und ich bin sicher, ein wenig Luft wird mir gut tun.“

„Nun, tun Sie, was Sie wollen“, sagte St. Aubyn, ein wenig überrascht darüber, dass sie so entschlossen an ihrem Plan, auszugehen, festhielt; denn im Allgemeinen ließ sie sich durch ein halbes Wort von ihm leiten; „aber Sie werden nicht allein gehen?“

„Oh nein, Laura wird mit mir gehen.“

„Also gut, mein Liebling. Überanstrenge dich nicht. Wohin gehst du?“

„Das weiß ich noch nicht genau: Ich möchte einkaufen gehen.“

Dann wünschte St. Aubyn ihr einen guten Morgen, wiederholte seine Bitte, dass sie auf sich aufpassen möge, und verließ sie.

Die wahre Tatsache war folgende: Jane, die Ellens Almosenpflegerin war und ihr von vielen Notfällen berichtete, von denen sie sonst nichts gewusst hätte, hatte am Abend zuvor, als ihre Frau im Theater war, eine Petition von der Witwe eines Offiziers erhalten, die angab, in einer kleinen Wohnung in der —— Street zu leben. Sie habe mehrere Kinder, von denen das jüngste ein noch nicht einmal einen Monat altes Baby sei, das unter äußerst schmerzlichen Umständen geboren wurde, wenige Monate nachdem sein Vater auf dem Schlachtfeld gefallen war. Das älteste, ein sechzehnjähriges Mädchen, befinde sich in einem Zustand tiefer Niedergeschlagenheit. Diese Umstände, sagte sie, hinderten sie daran, Lady St. Aubyn zu bedienen, von deren Güte sie viel von einer alten, blinden Dame gehört hatte, ihrer Nachbarin, die Ellen tatsächlich seit einiger Zeit unterstützt hatte und die sie nur zwei- oder dreimal mit Jane besucht hatte.

Ellen, warmherzig und wohlwollend, war äußerst begierig darauf, diese unglückliche Familie zu sehen: Jane hatte ihr den Brief gegeben, kurz bevor St. Aubyn in ihr Zimmer kam, und da sie fürchtete, er würde sich ihr widersetzen, wenn sie ihr Vorhaben kundtat, und weil sie befürchtete, ihre Gesundheit könnte durch die Erregung, die sie zwangsläufig beim Anblick dieser unglücklichen Mutter und ihrer Kinder empfinden musste, Schaden nehmen, versteckte sie den Brief und sagte ihm nicht genau, warum sie so sehr ausgehen wollte, obwohl sie wusste, dass sie dabei ungewöhnlich hartnäckig erscheinen musste; aber sie hatte sich mit der ganzen Inbrunst der Jugend auf dieses Ziel gestürzt: Vor allem wollte sie das arme kleine Kind sehen, denn Ellen, die Kinder immer schon gern gehabt hatte, hatte, seit sie wusste, dass sie wahrscheinlich Mutter werden würde, ein besonderes Interesse an kleinen Kindern empfunden und wünschte sich sehnlichst, ein Kind zu sehen und für es zu sorgen, das so viel Anspruch auf das Mitgefühl eines zarten Herzens hatte; und da sie tatsächlich einige Einkäufe zu erledigen hatte, gab sie ohne Überlegung *dies* als ihren einzigen Grund für das Ausgehen an. Nie zuvor war sie auch nur für einen Augenblick von der einzigartigen Aufrichtigkeit ihres Charakters und dem vollkommenen Vertrauen, das sie in ihren Mann setzte, abgewichen; jetzt bereute sie es zutiefst, dies getan zu haben.

Als ich Laura bat, sie zu begleiten, lehnte sie überraschend ab, da sie starke Kopfschmerzen hatte. Sie versuchte Ellen davon zu überzeugen, nicht selbst zu gehen, sondern Jane zu schicken und ein anderes Mal zu fahren. Ellen war jedoch so ungewöhnlich auf ihren Punkt fixiert und ihre Vorstellungskraft war so von der Vorstellung des *armen kleinen Kindes beseelt* , dass sie wundersamerweise nicht zu überreden war. Aus Angst, Lady Juliana könnte kommen und sie daran hindern, bestellte sie sofort die Kutsche und machte sich auf den Weg.

Sie fuhr zuerst zur —— Straße, wo sie die verzweifelte Familie in all der Armut und dem Elend vorfand, das ihr beschrieben worden war – die unglückliche Mutter, noch immer schwach und kaum in der Lage, sich selbst zu ernähren, war gezwungen, nicht nur das Kind zu pflegen, sondern auch ihre älteste Tochter, die, bleich und schmachtend, jeden Moment bereit schien, ihren letzten Atemzug zu tun, während zwei oder drei andere Kinder im Zimmer spielten und die armen Kranken durch ihren unbewussten Lärm ablenkten.

Die zärtliche und mitfühlende Ellen fühlte, wie ihr Herz bei diesem traurigen Anblick bedrückt wurde, und beeilte sich, so gut es ging, ihm Erleichterung zu verschaffen: Sie hielt das Baby selbst in ihren Armen, während sie Jane schickte, um eine Amme für das arme Mädchen zu suchen, und zu der Frau des Hauses, in dem sie wohnten. Mit der sprach sie selbst und bat sie, sich um die anderen Kinder zu kümmern, bis die Mutter dazu besser in der Lage sei. Sie gab der Witwe reichlich Geld, damit sie für sich und ihre Familie alles Notwendige beschaffen konnte, und nachdem sie versprochen hatte, einen Arzt zu schicken, der sich um das arme Mädchen kümmern würde, und nachdem sie das Baby geküsst hatte, reiste sie ab, gefolgt von Danksagungen und Segnungen, „nicht laut, aber tief", und ging, um die arme alte blinde Dame zu besuchen, die sich immer freute, ihre süße Stimme und ihre freundlichen Ausdrücke zu hören, und sie so lange aufhielt, wie sie konnte.

Als sie nach Hause zurückkehrte, sich über das Gute freute, das sie getan hatte, sich von der reinsten Freude beseelt fühlte und bei bester Gesundheit war, erinnerte sich Ellen plötzlich, dass sie in der Nähe der Straße war, in der

Mrs. Birtley lebte, bei der sie gewohnt hatte, als sie das erste Mal in London war; und sie dachte, sie würde einfach an der Tür anhalten und nach dem Buch fragen, das sie dort zurückgelassen hatte und für das Jane, wie sie sagte, immer vergessen hatte, vorbeizukommen: Es war genau der Band von Gray, den Mordaunt ihr gegeben hatte, und als sein erstes Geschenk wollte sie ihn unbedingt zurückbekommen. Sie wollte lediglich an der Tür anhalten und Jane hineinschicken, um es abzuholen, zog den Scheck und befahl dem Kutscher, diese Straße entlangzufahren und bei Nr. 6 anzuhalten, und sagte Jane, zu welchem Zweck sie ging.

„Oh, meine Dame", sagte das gesprächige Mädchen, „ich werde mich freuen, wenn Mrs. Birtley Sie in Ihrer ganzen Pracht sieht. Sie wird überrascht sein, was sie alles zu sagen gewagt hat."

„In der Tat", sagte Ellen, „daran habe ich nie gedacht. Sie wird sich wundern, mich in so einem anderen Licht zu sehen, und vielleicht etwas sagen, wenn die Dienerschaft es mitbekommt. Ich werde nicht gehen."

„Oh, Mylady", antwortete Jane, „sie braucht nicht zu wissen, wer Sie sind. Fragen Sie einfach nach dem Buch und kommen Sie gleich wieder. Sie wird dann nicht im Geringsten wissen, wie der wirkliche Name Ihrer Ladyschaft lautet. Und ich vermute, sie ist nicht genug unter den vornehmen Leuten, um die Livree oder Kutsche zu kennen."

„Stimmt", sagte Ellen. „Gut, du sollst hineingehen und nach dem Buch fragen, aber erkläre ihr nichts."

„O nein, wirklich nicht, Mylady", sagte Jane. „Ganz im Gegenteil, es wird mir ein Vergnügen sein, ihr dabei zuzusehen, wie sie sich rätselt —"

Während sie sprachen, hielt die Kutsche vor Mrs. Birtleys Tür. Ellen, die es halb bereute, gekommen zu sein, lehnte sich in der Kutsche zurück und sagte Jane, sie solle hineingehen und nach dem Buch fragen und nicht sagen, dass sie da sei, denn sie würde nicht aussteigen. Doch trotz Ellens Vorsicht erhaschte Mrs. Birtley, die durch den Anblick einer so eleganten Kutsche, die vor ihrer Tür hielt, zum Fenster gezogen worden war, einen Blick auf sie, als der Diener die Tür der Kutsche öffnete, damit Jane aussteigen konnte, an die Seite der Kutsche trat und sie höflich fragte, ob sie nicht einsteigen wolle. Ellen wurde sich immer mehr bewusst, wie absurd es war, an die Tür einer Frau zu treten, von der sie wusste, dass sie eine zweifelhafte Meinung von ihr hatte und der sie sich nicht erklären konnte. Sie lehnte das Angebot kühl ab. Der Kutscher sagte jedoch, er fürchte, die Pferde würden nicht sehr gut wenden, da die Straße ziemlich eng sei, und es wäre besser, wenn Ihre Ladyschaft geruhe, kurz auszusteigen, damit sie nicht erschrecke.

Mrs. Birtley starrte die „ *Lady* " ebenso lange an wie zuvor die *Kutsche mit der Krone* und die schönen Pferde; denn sie war nicht ganz so unwissend über *vornehme Leute*, wie Jane in der Fülle ihres neu erworbenen Wissens geglaubt hatte.

Ellen, verärgert über ihre eigene Torheit, hierhergekommen zu sein, musste nun aus der Kutsche steigen. Als mehrere Leute vorbeigingen und zuerst die Kutsche und dann Ellen anstarrten, dachte sie, es wäre besser, kurz ins Haus zu gehen. Mrs. Birtley führte sie ins Wohnzimmer, bat sie, sich zu setzen, und fügte hinzu: „Mein Untermieter ist ausgegangen und wird, nehme ich an, erst zum Abendessen zurückkommen. Normalerweise ist er den ganzen Morgen aus. Ich glaube, er weiß etwas über Sie, Ma'am."

„Von mir!", wiederholte Ellen überrascht.

"Ja, Ma'am. Als er vor etwa einer Woche hierher kam, sah er zufällig das Buch, das Mrs. Jane in der Hand hielt. Und darin stand etwas Geschriebenes, das ihn in große Wut versetzte. Er ließ mich ihm erzählen, wie ich an das Buch gekommen war, und stellte mir tausend Fragen über Sie: Wie hieß der Herr, mit dem Sie gekommen waren, ob Sie jung und gutaussehend waren und ich weiß nicht, was. Und ich glaube, was ich ihm erzählte, versetzte ihn in große Wut, denn er stampfte und fluchte wie ein Verrückter."

Ellen war verärgert und erstaunt, es tat ihr leid, dass sie hierhergekommen war, und sie spürte eine gewisse Furcht vor – sie wusste kaum was –, die sie überkam. Sie wurde nun sehr blass, und Jane rief: „Oh, meine Dame wird ohnmächtig werden; holen Sie etwas Wasser!"

" Dein *Lady*! Warum ist sie Mrs. Mordaunt, nicht wahr, *oder nennt sich so*?", fragte Mrs. Birtley mit einiger Verachtung.

„Steh nicht da und stell Fragen", sagte die ungeduldige Jane, „sondern hol etwas Wasser. Herr, ich wünschte, wir wären zu Hause. Wenn meine Lady krank sein sollte, wie wird Lady Juliana schimpfen, und mein Lord."

„Hab Geduld mit mir", sagte Mrs. Birtley, als sie das Zimmer verließ, um ein paar Tropfen und Wasser zu holen: „Das Mädchen macht mich bei ihren Lords und Ladies wütend. Die arme Närrin, ich glaube, sie haben sie zu sehr hinters Licht geführt."

Sie war noch keine Minute fort, als Ellen, der es besser ging, nicht auf Mrs. Birtleys Rückkehr und weitere Fragen warten wollte, aufstand und mit Janes Hilfe fast die Tür erreichte, um zur Kutsche zu gehen, die sie durch das Fenster heranfahren sah, als sich die Tür öffnete und Charles Ross das Zimmer betrat: Über alle Worte hinaus erstaunt sah er sie stehen – sah Ellen in seinem Zimmer! Und er vergaß alles außer der Tatsache, dass er sie einst innig geliebt hatte, stürzte auf sie zu und wollte sie in seine Arme schließen, aber sie entzog sich seinem Griff; und er packte Jane (die erschrocken einen plötzlichen Schrei ausstieß) und sagte: „Er hier! Oh, wie ich erschrocken bin!“

„Erschrocken, Ellen!“, wiederholte er aufgeregt. „ *Früher* hattest du keine Angst vor meinem Anblick.“

„Nein, Sir“, antwortete sie mit so viel Elan, wie sie aufbringen konnte: „dieses eine Mal hätte ich Freundschaft und Schutz erwartet, keine Beleidigung.“

„Ach, du elendes Mädchen!“ rief er aus. „Einst hast du meine Freundschaft und meinen Schutz verdient und gewünscht; aber jetzt erzählen diese schöne, farbenfrohe Kutsche, dieses elegante Kleid und die Juwelen, in denen ich dich letzte Nacht sah, eine schreckliche Geschichte – alles spricht von deiner Schande, von deinem Untergang.“

„Über meine Schande! Über meinen Untergang! Was , oh, was meinst du?“

"Ja, was denn?", sagte die wütende Jane. "Lassen Sie Mylady vorbei , unverschämter Kerl, und stehen Sie nicht da und reden Sie nicht so unverschämt. Lassen Sie mich die Lakaien rufen, Mylady. Ich wünschte, Mylord wäre hier: Er würde Ihnen bald bessere Manieren beibringen."

„Hör auf, Jane“, sagte Ellen und zitterte wie Espenlaub. „Hör auf mit diesem schockierenden Streit. Ich verstehe die Bedeutung Ihrer beleidigenden Worte nicht, Mr. Ross. Es ist besser für Sie, wenn Lord St. Aubyn Sie nicht so zu seiner Frau sprechen hört.“

„Seine Frau! Seine Frau! Ist das möglich? Habe ich ihm und Ihnen Unrecht getan? Bleiben Sie einen Augenblick, Ellen, um Himmels willen – um St. Aubyns willen – um meines Vaters willen: Sie wissen nicht, welches Unheil ein einziges Wort der Erklärung verhindern kann.“

Sie blieb stehen , sie drehte sich um : er ergriff ihre Hände, um sie festzuhalten. Oh, unglückliche Ellen!

In diesem Augenblick betrat St. Aubyn selbst das Zimmer. Er stürzte ungestüm auf sie zu und rief: „Heuchlerisches Weib! Hast du deshalb dein Haus verlassen – um diesen Schurken zu treffen – um ihn direkt in seiner Unterkunft zu suchen?“

„Oh nein! Oh nein!“ schluchzte Ellen und sank zu seinen Füßen in eine so tiefe, todesähnliche Ohnmacht, dass es schien, als hätte sie ihr Leben verlassen.

„Oh, Sie haben meine Lady getötet!“ rief Jane. „Meine liebe Lady! Oh, mein Herr, wir sind wegen eines Buches hierhergekommen und nicht –“

„Ruhe, Ruhe!" unterbrach ihn St. Aubyn streng: „Ich will kein Wort hören. Ist sie tot?"

„O Herr, das hoffe ich nicht! Wie können Eure Lordschaft so schockierend reden? Oh, Mrs. Birtley, um Gottes Willen, helfen Sie meiner Lady – rufen Sie Hilfe!"

Gemeinsam hoben sie sie hoch: denn Charles, verwirrt, schockiert und halb verwirrt, wagte es nicht, und St. Aubyn, düster, kalt und streng, wollte ihr nicht helfen. Endlich kehrte das Leben auf ihre Wange zurück, und ihre ersten unverständlichen Worte waren: „St. Aubyn, lieber St. Aubyn, rette mich!"

St. Aubyn, etwas ruhiger geworden, fürchtete, er könnte zu voreilig gewesen sein. Er kämpfte mit den Eifersuchtsgefühlen, die sein Herz zerrissen, und näherte sich ihr. „Wie geht es, Ellen – geht es dir besser?"

„Ja, besser, mein Liebling; aber krank, oh, krank im Herzen!"

„Beruhigen Sie sich, alles ist gut."

Ein wenig erholt blickte sie auf, war aber zu matt, um seinen Gesichtsausdruck zu erkennen, der der Freundlichkeit seiner Worte widersprach; denn St. Aubyn fühlte, dass es viel, sehr viel zu erklären gab, bevor sie für ihn wieder die Ellen sein konnte, die sie einmal gewesen war – wenn überhaupt das vollkommene Vertrauen, das er einst in sie empfunden hatte, jemals wiederhergestellt werden konnte; doch er fürchtete, sie zu zerstören, und zwang sich. Mrs. Birtley, die nun überzeugt war, wie ungerecht ihre Verdächtigungen gewesen waren, und Jane versuchten eifrig zu erklären, wie Lady St. Aubyn hierher gekommen war; doch er bedeutete ihnen mit stolzer Würde, zu schweigen, und sagte: „Genug, ich bin zufrieden!" Doch sein düsterer Blick widersprach seinen Worten, und er wandte sich an Ross und sagte leise: „Sie und ich, Sir, werden uns wiedersehen." Dann hob er Ellen mit Janes Hilfe auf, hob sie in die Kutsche, setzte Jane hinein und folgte ihr selbst.

„Nach Hause!", rief St. Aubyn grimmig, und sie gingen nach Hause; aber oh, nach Hause, wie sehr unterschied sich das vom Tag zuvor!

KAPITEL VIII.

„Guter Freund, geh zu ihm, denn bei diesem Licht des Himmels
weiß ich nicht, wie ich ihn verloren habe. Hier knie ich nieder: –
Wenn mein Wille jemals gegen seine Liebe verstoßen hat,
sei es in Worten, Gedanken oder Taten,
oder dass meine Augen, meine Ohren oder irgendein Sinn
sie in irgendeiner anderen Form erfreut haben –
Tröste dich, vertrau mir! – Unfreundlichkeit kann viel bewirken,
und seine Unfreundlichkeit kann mein Leben zerstören,
aber niemals meine Liebe beflecken.“

OTHELLO.

Die Heimfahrt verlief still und düster. St. Aubyn, der seine Eifersucht, die ihn verzehrte, nur mit Mühe im Zaum hielt, saß an eine Seite des Wagens gelehnt und verhüllte seine Augen mit der Hand, damit sie nicht einen Augenblick auf Ellen fielen, die sich mit Janes Hilfe kaum auf den Beinen halten konnte und keine Tränen vergoss, obwohl Kummer und Ärger ihre Brust mit Seufzern hoben, die sie fast zum Platzen brachten; denn jetzt war ihre Erinnerung wiederhergestellt, die schrecklichen Worte, mit denen St. Aubyn sie zuerst angesprochen hatte, klangen in ihren Ohren und ließen ihr Herz vor Angst anschwellen.

Schließlich erreichten sie Cavendish Square und wurden in der Halle von Lady Juliana empfangen, deren Stolz, der anfangs durch Ellens Abwesenheit bei ihrer Ankunft verletzt worden war, schließlich einem Gefühl der Besorgnis über ihre lange Abwesenheit gewichen war; doch als sie sah, wie sie aus der Kutsche gehoben wurde, bleich, zitternd und halb tot, erschrocken und erstaunt, verlangte sie vergeblich abwechselnd von St. Aubyn und der verängstigten Jane eine Erklärung; ihr Neffe ging hastig und schweigend an ihr vorbei, ging in sein Arbeitszimmer und schloss und verriegelte sofort die Tür. Dort wollte er mit sich selbst überlegen, welche Rolle er zu übernehmen hatte und wie er dieses außergewöhnliche Ereignis erklären sollte.

Ellen warf sich in Lady Julianas Arme und rief: „Oh, meine liebste Dame, lassen Sie mich sofort sterben, denn mein Herr ist wütend auf mich!“

„Sterben!“, rief Lady Juliana und kämpfte mit tausend Ängsten . „Unsinn! Wofür ? Glaubst du, noch nie war ein Mann böse auf seine Frau? Du bist so ungewohnt, dass es dir merkwürdig vorkommt, aber du kannst dir sicher sein, dass nur wenige Frauen das für so außergewöhnlich halten würden.“

Inzwischen hatten sie Ellens Ankleidezimmer erreicht . Nachdem sie sie auf ein Sofa gesetzt und ihr einige Stärkungsmittel verabreicht hatte, sagte Lady Juliana: „Aber was soll das alles – welches Vergehen haben Sie begangen?"

„Oh! Madam , ich weiß es nicht; aber es ist nur zu wahr, St. Aubyn hat solche Worte zu mir gesagt, Worte, wie ich sie nie von ihm zu hören geglaubt hätte!"

„Was soll das alles bedeuten?", fragte Lady Juliana und wandte sich an Jane. „Sprich, Mädchen, wenn du noch nicht ganz den Verstand verloren hast oder nicht willst, dass ich den meinen verliere, und erzähl mir, wo deine Lady war und was passiert ist."

Jane erzählte Lady Juliana nun, so gut es die Verwirrung zuließ, die sie hatte, die Erlebnisse des Morgens, den Besuch bei der Witwe des Offiziers und der alten blinden Dame und schließlich, warum sie zu Mrs. Birtley gegangen waren: „Und ich war es", sagte sie, „der Ihre Ladyschaft überredete, zu dieser unangenehmen Mrs. Birtley zu gehen – aus Stolz, das gebe ich zu – es war aus Stolz, damit sie sehen konnte, was für eine großartige Stellung ich bekommen hatte und dass meine *Lady* nicht die Art von Person war, für die sich die mürrische alte Frau hielt; und Ihre Ladyschaft wäre nicht einmal ausgestiegen oder in ihre Rumpelkammer gegangen, wenn die Pferde nicht so furchtbar gewesen wären, und der Kutscher sagte, sagt er, „meine Lady sollte besser aussteigen, denn die Pferde –"

„Hab Geduld!", sagte Lady Juliana. „Die Zunge dieses Mädchens ist schon genug, um mich abzulenken! Nun, und als Sie in ihrem Tandsalon, wie Sie ihn nennen, waren, was geschah da? War Lord St. Aubyn böse, dass Sie dorthin gingen?"

"Oh! Nein, Mylady, nicht deswegen; aber im Augenblick, nachdem wir hineingegangen waren und Mrs. Birtley über das Buch und ihren Untermieter plapperte (und es gab sicherlich nie eine so plappernde Frau auf der Welt, und als ich Mylady von Kopf bis Fuß so frech musterte, war ich ganz in Rage mit ihr), sah ich, wie Mylady blass wurde, und da ich dachte, sie würde ohnmächtig werden, schickte ich Mrs. Birtley los, um etwas Wasser zu holen, denn ich wusste genau, wie Eure Ladyschaft schimpfen würde, wenn *Mylady* krank wäre, und so erzählte ich es Mrs. Birtley."

„Wird diese Geschichte jemals ein Ende haben?", rief Lady Juliana ungeduldig.

"Nun, Mylady, und gerade als Mrs. Birtley zum Wasser gegangen war und wir aufstanden, um zu gehen, kam ein junger Mann herein: Ich für meinen Teil glaube, er war völlig verrückt, nicht dass ich ein besonderer Kenner verrückter Leute wäre, denn ich erinnere mich an den ersten Tag, als Eure Ladyschaft hier her kam, dachte ich – aber ich glaube, *das erzähle ich besser nicht* ; – dieser junge Mann *war* jedoch ganz sicher verrückt, denn in dem Moment, als er Mylady sah, rannte er auf sie zu und tat so, als ob er sie in seine Arme nehmen wollte. Ich schrie, und als Ihre Ladyschaft sagte, sie sei entsetzt, tobte er ganz und beschimpfte sie und sagte etwas über ihre Schande und dass sie letzte Nacht ruiniert worden sei und ihren Schmuck und ich weiß nicht was."

„Und wer, um Himmels Willen, war dieser Mann?“, fragte Lady Juliana erstaunt.

„Oh, es war Ross! Charles Ross!“ schluchzte Ellen. „Und während er mit mir sprach, kam St. Aubyn herein und sagte, ich sei zu ihm gekommen , zu seiner Unterkunft. Und dann wurde ich ohnmächtig.“

„So, so, so!“ wiederholte Lady Juliana . „Ein schönes Stück Arbeit! Ich sehe, was dieser Fehler bringen wird! Aber bleib, es ist sicher noch nicht zu spät: Ich werde nach St. Aubyn gehen.“

„Ja, gehen Sie zu ihm, Madam, um Himmels willen, gehen Sie zu ihm und erklären Sie es ihm. Versichern Sie ihm, dass ich nicht ahnen konnte, dass Charles Ross bei Mrs. Birtley wohnte . Oh, wie grausam, diese Erklärung abgeben zu müssen: Kann St. Aubyn wirklich so schlecht von mir denken? Doch er wird sich ganz sicher nicht täuschen – dies ist nur ein kurzer Ausbruch von Leidenschaft!“

Lady Juliana schüttelte den Kopf, denn sie kannte St. Aubyns Temperament und wusste, wie schwer es ihm fiel, ihr zu einem solchen Thema zuzuhören. Doch wenn er sich nur herabließe, anzuhören, was die Bediensteten, die die Gräfin bei diesem unglücklichen Ausflug begleiteten, sagten, was diese Mrs. Birtley zu sagen hatte, würden ihre Geschichten zweifellos die von Ellen bestätigen. Denn an der Wahrheit dieser Geschichte zweifelte Lady Juliana nicht im Geringsten. Aber sie wusste, wie sehr St. Aubyns Stolz sich empören und sein Feingefühl verletzt werden würde, wenn er solche Leute über das Verhalten seiner Frau befragen musste.

Sie war zwar wütend auf Ellen, weil sie am Morgen so kindisch ungeduldig ausgegangen war, nachdem sie nach dem Schrecken der vergangenen Nacht Ruhe suchte, und weil sie überhaupt zu Mrs. Birtley gegangen war; aber sie konnte ihr eine scheinbar so unbedeutende Torheit leicht verzeihen, da es für Ellen völlig unmöglich war, die Kette der Umstände vorherzusehen, die folgten und sie in so große Not brachten.

Wie St. Aubyn zufällig an denselben Ort gelangte, konnte niemand erraten; es erschien sogar äußerst unwahrscheinlich, dass er dies getan haben könnte; aber manchmal kommen nicht weniger merkwürdige Zufälle vor, obwohl ihre Seltenheit uns dazu veranlasst, sie als unwahrscheinlich zu bezeichnen, es sei denn, wir haben unmittelbar Kenntnis von ihnen.

Die wahre Wahrheit war folgende: St. Aubyn erinnerte sich daran, dass Charles Ross am Abend zuvor gesagt hatte: „ *Die Frau, bei der Sie wohnten, hat Sie entdeckt* ", und hatte beschlossen, von dieser Frau selbst in Erfahrung zu bringen, was sie Ross erzählt hatte und wie sie es gewagt hatte, in solchen Worten über ihn und Ellen zu sprechen; und zu erklären, wer ihr Mr. und ihre Mrs. Mordaunt wirklich waren, damit keine weitere Verleumdung, nicht einmal in Mrs. Birtleys engem Kreis, die Reinheit von Lady St. Aubyns Charakter beeinträchtigen könnte. Er war von Sir Edward Leicester hierhergekommen, mit dem er eine Zeit lang zusammengesessen und die Einzelheiten ihres geplanten Treffens mit Charles Ross für den nächsten Morgen vereinbart hatte. Dort fand er zu seinem größten Erstaunen Lady St. Aubyns Kutsche wartend vor; und als er die Dienerschaft fragte, wo sie sei, wurde ihr mit „in diesem Haus" geantwortet, wo Mrs. Birtley gemeint war.

„Und Miss Cecil?"

„Nein, Mylord. Miss Cecil ist nicht mit Mylady ausgegangen, nur Mrs. Jane."

St. Aubyn erinnerte sich an Ellens offensichtliche Aufregung am Morgen; an den Brief, den sie las und den sie so hastig versteckte; daran, dass sie gesagt hatte, Laura würde sie begleiten; und doch war sie nur mit ihrer Zofe gekommen, einem jungen, unwissenden Mädchen, und zwar zu genau dem Haus, in dem seiner Meinung nach Ross wohnte; jener Ross, auf den er, obwohl er es fast nicht wusste, immer eine heimliche Eifersucht gehegt hatte.

All diese Umstände kamen ihm sofort in den Sinn, und ohne abzuwarten, zu klopfen oder zu läuten, eilte er, die Tür stand offen, ins Wohnzimmer, wo das erste, was ihm ins Auge fiel, seine Frau war, seine Geliebte, seine angebetete Ellen, während ihre Hand von dem Mann gehalten wurde, den er am meisten verabscheute, dem Mann, der sie erst am Abend zuvor beleidigt und ihn geschändet hatte! Was konnte er denken? War es wundervoll, dass die Wut, die sein Herz anschwellen ließ, in Worte des Vorwurfs und der Wut ausbrach? War es nicht eher wundervoll, dass er sich so weit beherrschen und so weit nachdenken konnte, mit ihr scheinbar ruhig zurückzukehren, und dass er eine Frau, die ihm so undankbar und unaufrichtig erschienen sein musste, nicht sofort von sich stieß?

Nachdem Lady Juliana Ellen mit Hilfe von Miss Cecil und Jane zu Bett gebracht hatte, wollte sie sich zurückziehen, um ihren Neffen zu suchen. Laura blieb erschüttert, erstaunt und betrübt bei ihrer Freundin zurück. Als sie jedoch die Fieberröte auf ihren Wangen und das ungewöhnliche Leuchten in ihren Augen sahen, schickten sie unverzüglich zum Hausarzt. Dieser stellte einige Fragen und erfuhr, dass die Gräfin in Panik geraten war und in Angst um ihren Herrn litt. Laura flüsterte ihm zu, dass sie ein Duell mit einem Gentleman planten, der Lady St. Aubyn beleidigt hatte. Der Arzt schüttelte den Kopf und sagte, wenn sie nicht sofort beruhigt würde, könne er nicht für die Folgen verantwortlich gemacht werden. Sie habe alle Symptome eines beunruhigenden Fiebers, sagte er, und wenn sie nicht beruhigt und ruhig gehalten werde, könne sowohl ihr als auch dem ungeborenen Baby das Schlimmste bevorstehen.

Lady Juliana war über alle Maßen beunruhigt und rannte los, um St. Aubyn aufzusuchen. Mit einiger Mühe überredete sie ihn, ihr Einlass zu gewähren und mit noch größerer Mühe, anzuhören, was sie zu sagen hatte. Sie wiederholte die ganze Geschichte, die Jane ihr erzählt hatte: Er schüttelte den Kopf, war still, aber nicht überzeugt. Sie sah seine Ungläubigkeit und schlug mit einigem Zögern vor, die männlichen Bediensteten, die mit ihrer Dame ausgingen , nach dem wahren Grund zu befragen, warum sie bei Mrs. Birtley ausstieg. Er erschrak empört über die Idee; aber Lady Juliana versicherte ihm, sie könne auf eine Weise fragen, die ihnen keinen Verdacht einflößen würde, warum sie befragt wurden , und er willigte schließlich ein, klingelte und befahl, den Kutscher zu ihr zu schicken.

„John", sagte sie, „Ihre Dame hat sich heute Morgen während ihrer Abwesenheit von zu Hause vor irgendetwas erschreckt. Waren die Pferde unruhig?"

"Nein, Mylady: Die Pferde liefen so ruhig wie Lämmer bis zur —— Straße, wo wir anhielten, während Mylady in ein Haus ging, ich glaube, um eine arme Familie zu besuchen, wie es Ihre Ladyschaft manchmal tut; und dann gingen wir zu der armen alten blinden Dame, die laut Mrs. Jane von ihrer Lady gepflegt wird; und danach gingen wir zu einem anderen Haus, wo Mylady sagte, sie wolle nicht aussteigen, und sagte Mrs. Jane, sie solle sich beeilen und das Buch holen, denn sie würde keinen Augenblick anhalten; aber ich hatte Angst, den Wagen mit Ihrer Ladyschaft darin zu wenden, da die Straße dort sehr eng war und vor dem Haus gegenüber ein Karren stand, aus Angst, die Pferde könnten ein wenig tänzeln, wovor Mylady immer Angst hat; und so bat ich sie, nur kurz auszusteigen, während ich mich umdrehte, was sie anscheinend nicht gern tat, aber die alte Dame des Hauses kam heraus und überredete sie, sie sagte, sie würde kurz aussteigen, und die Leute starrten sie an, als sie auf dem Bürgersteig stand, sie ging ins Haus, und ich glaube, etwas oder jemand erschreckte sie, denn als ich Als ich zur Tür hinaufging, was nicht direkt ging, weil die Pferde ein wenig widerspenstig waren, sah ich einen jungen Mann in das Wohnzimmer gehen, wo Mylady wartete, und eine Minute später hörte ich Mrs. Jane schreien. Ich ging gerade hinein und James auch, aber gerade als ich von meinem Bock stieg und Richard an der Spitze der Pferde stand, kam Mylord herbei, und hinterher stellte ich fest, dass Mylady ohnmächtig geworden war."

„Dann war Ihre Herrin erst seit kurzer Zeit dort?"

„Nicht länger als zehn Minuten, da bin ich mir sicher, Madam, und da Mrs. Jane geschrien hat, als der Herr das Wohnzimmer betrat, glaube ich, dass er sie erschreckt haben muss."

„Also gut, John. Ich hatte befürchtet, es läge an den Pferden. Und wenn das so war, hätte Lady St. Aubyn nie wieder mit ihnen gehen dürfen."

„Oh nein, Mylady, die Pferde sind ruhig genug, die armen Dinger, nur wegen der engen Straße dachte ich, Mylady sollte besser aussteigen."

Dann zog sich der Mann zurück und Lady Juliana sagte: „Nun, St. Aubyn, sind Sie jetzt zufrieden?"

„Nicht ganz. Das alles könnte Erfindung und Kunst gewesen sein."

so denken ? Haben Sie bei Ellen jemals die geringste Spur von beidem gesehen?"

„Ja, heute. Warum hat sie mir gesagt, dass Laura mit ihr geht? Warum hat sie verheimlicht, wohin sie geht?"

„Laura bedauerte gerade, dass sie nicht mit Ellen ausgegangen sei, wie sie es wegen starker Kopfschmerzen verlangt hatte. Dass Ellen Ihnen nicht sagte, wohin sie ging, entsprang der Angst, Sie könnten verhindern, was sie sich mit der natürlichen Ungeduld der Jugend vorgenommen hatte. Aber wenn Sie immer noch Zweifel haben, lassen Sie uns diese Frau fragen, diese Mrs. – wie heißt sie noch? – die Herrin des Hauses, in dem Sie wohnten. Sie kann sagen, was Lady St. Aubyn dort zu erledigen hatte und warum sie ausstieg."

"Guter Gott! Madam", sagte St. Aubyn mürrisch, "soll ich Beweise dafür sammeln, ob ich meine Frau für schuldlos oder für eine höchst betrügerische Frau halten soll?"

„Ja, das würde ich", antwortete Lady Juliana leidenschaftlich, „wenn Sie sie verdächtigen können; wenn eine solche Bescheidenheit, eine solche arglose Aufrichtigkeit und eine Reinheit der Worte und Manieren, wie ich sie noch nie bei einer Frau gesehen habe, Sie nicht überzeugen können; wenn Sie all dem diesen einen unglücklichen Zufall gegenüberstellen können, denn ich bin sicher, dass es ihn nicht mehr gibt, sollten Sie alles tun und jeden aufsuchen, der Ihnen Auskunft geben kann. Guter Gott! Welchen Sinn hat es in dieser Welt, dass eine Frau das reinste und unbeflecteste Leben führen sollte, wenn ein zweideutiges Erscheinungsbild alles Vertrauen, alles Vertrauen aus dem Herzen vertreiben kann, das sie am besten kennen sollte!"

Von dieser großzügigen Wärme berührt, begann St. Aubyn zu glauben, er sei zu weit gegangen: er wusste, wie durchdringend Lady Juliana war, wie sehr sie Ellen gegenüber voreingenommen gewesen war und wie vorsichtig sie gewesen wäre, bevor er ihr eine so zärtliche Zuneigung und ein so zärtliches

Vertrauen entgegengebracht hätte; er erinnerte sich an viele „Beweise neuer Liebe", an angeborene Bescheidenheit und strengste Grundsätze seiner Frau und begann seine eifersüchtige Unbesonnenheit zutiefst zu bereuen; doch als ihm plötzlich das Schreiben einfiel, das er in ihren Händen gesehen hatte, und die Eile, mit der sie es versteckt hatte, sagte er hastig: „Aber der Brief! Was für einen Brief las sie da?"

„Welcher Brief?", fragte Lady Juliana.

„Eines davon habe ich sie heute Morgen lesend vorgefunden, kurz bevor sie ausging. Sie schien aufgeregt und hatte Tränen in den Augen, und als ich hereinkam, steckte sie es in die Falten ihres Morgenkleides."

„Und da", sagte Lady Juliana eifrig, „habe ich es gefunden, als wir sie gerade ausgezogen haben. Ich habe es nicht geöffnet, hier ist es." Sie zog es aus ihrer Tasche. St. Aubyn erinnerte sich, dass es dasselbe war, und öffnete es mit zitternden Händen. Es war, wie bereits erwähnt, von der Witwe des Offiziers an Jane gerichtet, in der sie sie um ihre guten Dienste bei ihrer Dame bat und ihre eigene Not beschrieb, was genau dem entsprach, was Ellen und ihre Zofe Lady Juliana erzählt hatten und was sie St. Aubyn wiederholt hatte. Einer solchen Bestätigung ihrer Geschichte konnte er nicht länger widerstehen; aber schockiert, alarmiert und beschämt sagte er hastig:

„Ich habe sie verletzt! Oh! Kann sie mir jemals verzeihen?"

„ Es ist gut", sagte Lady Juliana mit einiger Schärfe, denn seine eifersüchtige Sturheit hatte sie geärgert – „es ist gut, wenn Sie sie und Ihr Kind nicht getötet haben. Gott schütze mich vor solch unbesonnenen, starken Leuten, die keinen Unterschied zwischen einer *Rosolia* und einer *Ellen machen können* : das arme Mädchen, sie hat teuer bezahlt, fürchte ich, für ihren Traum vom Glück und dafür, ‚in glitzernder Größe zu thront und einen goldenen Kummer zu tragen'!"

„Um Gottes Willen, Madam, keine weiteren Vorwürfe", sagte St. Aubyn zornig. „Sie hat nicht allein gelitten. Aber lassen Sie mich zu ihr gehen und sie anflehen, mir zu vergeben. Ach, kann ich mir selbst jemals vergeben?"

„In der Tat, Neffe, ich werde so etwas nicht tun, es sei denn, du versprichst mir, dass es keinen Kampf mit diesem verrückten Ross geben wird, von dem ich wünschte, er wäre tausend Meilen weit weg gewesen, bevor er hierhergekommen wäre, um uns alle so verrückt zu machen wie sich selbst."

„Darüber werden wir später reden. Vielleicht wird er sich entschuldigen. Auf jeden Fall wollen wir jetzt zu Ellen gehen und versuchen, ob ich sie aufmuntern und ihre verletzte Seele besänftigen kann."

Aber als er sie erreichte, war Ellen nicht in der Lage, ihn zu hören: Sie war im Delirium, und die Szene in der Oper, die ihr im Gedächtnis haften blieb und auf die sie einen starken Eindruck gemacht hatte, verband sich, wenn auch auf eine wilde Art, mit den jüngsten ungünstigen Ereignissen. Gerade als er den Raum betrat, rief sie aus: „Erinnere dich, St. Aubyn, erinnerst du dich an Arbace – *und auch ich bin unschuldig* ?" Dann imitierte sie mit leiser Stimme das Rezitativ, das ihre Vorstellungskraft so sehr in Anspruch genommen hatte, und sang mit süßer und klagender Stimme: „Sono Innocente!" St. Aubyn verband diese Worte mit all den interessanten Gedanken, die damit in Zusammenhang standen, und mit den großmütigen Versicherungen, die Ellen ihm so oft gegeben hatte, dass kein Anschein jemals ihr Vertrauen in *seine* Integrität und Ehre erschüttern sollte, Versicherungen, die er so schlecht zurückgezahlt hatte. Er wurde von Kummer und Reue überwältigt. Er schlug den Vorhang beiseite, kniete neben dem Bett nieder und sagte mit zärtlichster Stimme:

„Ellen, meine Liebe, meine verletzte Ellen, willst du nicht zuhören, willst du mir nicht vergeben?"

„So, Sie sind also endlich gekommen", sagte sie und drehte rasch ihren Kopf zu ihm um. „Gehen Sie zu Ihrem Sohn, mein guter Freund, und sagen Sie ihm, dass er mich grausam beleidigt hat. Ich bin die *Frau von St. Aubyn* und nicht die Schurkin, die er mich nennt. Wissen Sie, Mr. Ross, Sie haben uns getraut und mein Vater und Joanna waren dabei. Was meint Charles dann damit, wenn er von meiner *Schande* und *meinem Verderben spricht* ?"

„Oh, Himmel! Sie rast!" rief St. Aubyn aus. „Meine Grausamkeit hat sie zerstört!"

„Nehmt das blutige Schwert weg", schrie Ellen. „Ich sage euch, Arbace hat ihn *nicht* ermordet; nein, und auch St. Aubyn nicht. Nichts wird mich jemals glauben lassen, dass St. Aubyn schuldig ist. Ich habe es ihm versprochen. Er sagt, er sei unschuldig. Genug, mein Liebling, genug, Ellen wird *nie an euch zweifeln* !" Und wieder hauchte sie in klagendem Tonfall das pathetische „Sono Innocente".

„Sie wird sterben! Sie wird sterben!", rief St. Aubyn aufgeregt und sprang auf. „Holt weitere Hilfe! Holt alle Ärzte in London. Oh! Das habe ich erlebt!"

„Sie werden sie tatsächlich töten", sagte Laura, „wenn Sie nicht ruhig sind. Überlassen Sie sie uns. Doktor B. wird in ein paar Minuten wieder hier sein. Er sagt, wenn sie nur ruhig ist und man ihr nur beibringt, was sie versteht, ist alles gut. Sie wird sich erholen. Aber Sie müssen sie jetzt wirklich verlassen, Mylord."

„Nein, Laura, ich werde nicht gehen. Ich werde hier sitzen und nichts sagen. Aber sollte sie wieder zu Sinnen kommen, und sei es nur für eine Minute, wird es ihr ein Trost sein, mich hier zu sehen."

Laura konnte das ohne weiteres glauben und erhob daher keine weiteren Einwände; doch Doktor B., der bald darauf eintraf, beruhigte sie alle mit der Versicherung, dass er, obwohl die Gräfin derzeit hohes Fieber habe, große Hoffnung habe, dass vollkommene Ruhe und die Medikamente, die er verordnet habe, ihr aller Wahrscheinlichkeit nach viel bringen würden, besonders da sie jung und von ausgezeichneter Konstitution seien, und dass er keine unmittelbare Gefahr sehe. Er ordnete jedoch streng an, dass ihr Zimmer so ruhig wie möglich gehalten werden solle und dass höchstens zwei Personen dort bleiben sollten: Er bat St. Aubyn und Lady Juliana, sich zurückzuziehen, und nachdem er sie dazu überredet hatte, sagte er zu Miss Cecil, er wünsche, dass sie so weit wie möglich eine von Lady St. Aubyns Dienern sein solle.

"Was Lady Juliana betrifft", sagte er, "sie ist so ängstlich und ruhelos; sie wird unsere schöne Patientin nur beunruhigen: Sie, meine liebe Miss Cecil, haben, wie ich sehe, jene glückliche Selbstbeherrschung, verbunden mit Sanftmut und Aktivität, die nur eine gute Krankenschwester ausmachen kann; auch Ihre Stimme ist besonders geeignet, einen Kranken zu beruhigen und zu überreden: - Sie mögen lächeln, aber glauben Sie mir, nur wenige wissen, wie viele Qualifikationen erforderlich sind, um einen guten Aufseher eines Krankenbetts auszubilden, und unter ihnen habe ich immer eine weiche, aber deutliche Artikulation als eine der bedeutendsten empfunden. Denken Sie nur daran, wie ein nervöser Patient, wie man nachdrücklich sagt, durch eine dröhnende, unzufriedene Stimme *beunruhigt* oder durch einen zu lauten Ton oder eine plötzliche Frage alarmiert wird. Ich versichere Ihnen, ich habe oft gesehen, wie schwache Personen durch diese scheinbar unbedeutenden Ursachen in Fieber gestürzt wurden; lassen Sie mich daher Miss Cecil bitten, die Aufgabe auf sich zu nehmen, alle Fragen der Gräfin zu beantworten, aber in so wenigen Worten wie möglich: Sobald die Vernunft zurückkehrt, beruhigen Sie ihren Geist durch jede Versicherung, dass die Gefahr, die sie so sehr befürchtet hat, nicht mehr besteht. vorbei. Ich werde Lord St. Aubyn aufsuchen, bevor ich das Haus verlasse, und ihm das zu befürchtende Übel darlegen, sollte er diese unselige Angelegenheit noch weiter verfolgen."

KAPITEL IX.

Der Zweifel soll für immer mein gestärktes Herz verlassen und
der zerfressene Schmerz der ängstlichen Eifersucht.
Kein anderer Bewohner soll dort wohnen
als sanfter Glaube, jugendliche Freude und angenehme Sorge.

PRIORS HENRY UND EMMA.

Die von ihrem geschickten Arzt verordneten Medikamente hatten eine so
heilsame Wirkung, dass Ellen gegen Mitternacht in einen ruhigen Schlaf fiel,
von dem alles Gute erwartet werden konnte. Lady Juliana wurde daher
überredet , sich zu Bett zu begeben. Miss Cecil, Jane und die Haushälterin
blieben mit Lady St. Aubyn auf, die beiden letzteren im Vorzimmer. Aber
Lady Juliana war trotz St. Aubyns Versicherungen, dass zwischen ihm und
Ross alles aus sei, alles andere als zufrieden: Sie kannte ihn zu gut, um zu
glauben, dass er über so deutliche Beleidigungen hinwegsehen würde; und
ihre Wachsamkeit hatte sie davon überzeugt, dass sie keine Entschuldigung
von Ross erhalten hatte, weder schriftlich noch auf andere Weise. Auch Sir
Edward Leicester hatte im Laufe des Tages ein- oder zweimal
vorbeigeschaut; und obwohl sie ihn und ihren Neffen gequält hatte, indem
sie entschlossen im Zimmer blieb und St. Aubyns Andeutungen, sie wolle
mit seinem Freund allein sein, ignorierte, hörte sie doch ein paar Worte, die
sie immer mehr davon überzeugten, dass ein Duell geplant war. Sie hinterließ
daher Befehle, bei Tagesanbruch aufgerufen zu werden, und da sie St. Aubyn
nicht dazu bewegen konnte, zu Bett zu gehen, überließ sie ihn schließlich
sich selbst, da sie von Gefühlen ermüdet und erschöpft war, die sie in ihrem
Alter kaum ertragen konnte.

Er war entschlossen, Ross am Morgen zu treffen, und vermied
Überlegungen, die, obwohl er spürte, wie entschieden sie gegen die Praxis
des Duellierens waren, seiner Meinung nach zu spät kamen. St. Aubyns
Körper wurde von verschiedenen Empfindungen erschüttert. Erinnerungen
an die Vergangenheit und Angst vor der Zukunft lasteten schwer auf ihm;
doch er fürchtete nicht um sich selbst: Aber wenn ihm etwas zustoßen sollte,
was würde dann aus Ellen werden – aus Ellen, die er auf einem Krankenbett
zurücklassen würde, das, so war er überzeugt, für sie das Sterbebett sein
würde!

„Und war es das", rief er aus, während er in seinem Arbeitszimmer auf und
ab ging, „ war es das, weshalb ich sie aus ihren heimatlichen Schatten holte,
wo sie, glücklich und zufrieden, ohne mich noch immer hätte blühen
können? Ach, wie wenig Grund hattest du, meine Ellen, dich über jene
Erhabenheit zu freuen, um die dich zweifellos viele beneidet haben. Zu oft

war ich für dich die geheimnisvolle Ursache von Kummer und Angst. Vielleicht werde ich auch die Ursache deines vorzeitigen Endes sein."

Der Gedanke erschütterte ihn so schrecklich, dass er nicht mehr daran zu denken wagte, aus Angst, er könnte ihn völlig entmutigen. Doch entschlossen, sie noch einmal anzusehen , nahm er die Kerze, die neben ihm brannte, und ging leichten Schrittes in ihr Zimmer. Im Vorzimmer fand er die Haushälterin und Jane, beide schlafend in ihren Stühlen. Alles war tiefstill, und er begann zu befürchten, Ellen sei ohne wache Wache zurückgeblieben. Doch beim Klang seiner Schritte, die fast geräuschlos waren, und dem näherkommenden Licht, denn die Schlafzimmertür stand offen, schlich Laura Cecil ihm entgegen. Sie bedeutete ihm, still zu sein, und ging ein paar Schritte in das Vorzimmer hinein, wo sie mit leisem Flüstern sagte: „Um Himmels willen, Lord St. Aubyn, warum das – warum haben Sie sich nicht zur Ruhe zurückgezogen?"

„Ach, Laura! Liebe , gütige Laura", rief er aus und ergriff ihre Hand, „wie könnte ich ruhen, während dieser verletzte, vielleicht ermordete Engel so leidet, und zwar durch meine Schuld, durch meine verfluchte, stürmische Eifersucht!"

"Zutiefst", sagte Laura, "bedaure ich, dass der Schein Sie so in die Irre geführt hat, Mylord, und bin wirklich erstaunt darüber. Hätten Sie nur eine Stunde gewartet, bevor Sie so hart verurteilt wurden, hätten Sie von mir ihre vollkommene Unschuld erfahren können. Sie drängte mich, sie heute Morgen zu begleiten, was meine schlimmen Kopfschmerzen verhinderten. Sie sagte mir, wohin sie ging, zeigte mir den Brief, den sie erhalten hatte, erläuterte ihre freundlichen Pläne zur Unterstützung der armen Witwe und erwähnte, dass sie Ihnen ihre Absichten nicht erklärt hatte, damit Sie sie nicht daran hinderten, zu gehen. Und sie wünschte sich so sehr, sagte sie, das *arme kleine Kind zu sehen* . Sie erwähnte sicherlich nicht die Absicht, zu dem verhängnisvollen Haus zu gehen, in dem Sie sie gefunden haben, und woran sie, wie ich sicher bin, nie dachte, bis sie am Ende der Straße vorbeikam und sich an das Buch erinnerte, das sie so sehr schätzte und das sie eines Tages Jane rufen ließ. Aber all dies ist jetzt vergeblich. Lassen Sie mich Sie bitten, sich zurückzuziehen. Sollte das Gemurmel unserer Stimmen sie stören, Ich werde es wirklich sehr bedauern."

„Oh, lass mich sie ansehen – lass mich sie noch einmal sehen! Wird sie sterben? Ist es möglich, dass sie wieder gesund wird?"

„Das ist sehr gut möglich, fast sicher, weil sie so ruhig schläft, wenn Sie sie nicht stören. Aber stellen Sie sich vor , sie würde aufwachen und Sie zu dieser seltsamen Stunde mit diesen verwirrten Blicken sehen!"

jetzt muss ich sie sehen – ja, Laura, ich muss alles wagen; denn woher weiß ich, ob ich sie jemals wiedersehen werde?"

„Um Himmels Willen, was meinst du damit? Du denkst doch nicht etwa – du meditierst doch nicht –"

„Egal was passiert", sagte er hastig. „Ich muss sie *jetzt sehen* ."

Laura wich erstaunt und bestürzt zurück. Doch da sie spürte, dass er sich nicht widersetzen würde, näherte sie sich leichten Schrittes wieder dem Bett, in dem Ellen, in tiefem Schlaf, der von Opiaten geheilt worden war, „schön wie eine Lilie und weißer als ihre Laken", lag. Wenn man in der Stille der Nacht nicht deutlich ihr schnelles, kurzes Atmen gehört hätte, hätte man kaum gewusst, dass sie noch lebte.

Laura winkte St. Aubyn dann näher zu kommen, was er mit zitternden Schritten tat und sie im Schatten des Vorhangs sehnsüchtig ansah. Überwältigt von dem rührenden Anblick von Jugend, Schönheit und Unschuld, in wenigen Stunden fast zerstört durch seine unbesonnene Eifersucht, liefen die Tränen nun über seine männlichen Wangen; und er konnte das Stöhnen, das seine Brust hob und senkte, kaum zurückhalten, während Lauras Augen bei dem ergreifenden Anblick vor ihr tränten. In diesem Moment bewegte sich Ellen ein wenig, und sie zogen sich beide zurück, damit sie sie nicht sehen konnte, wenn sie die Augen öffnete; aber sie schlief noch; und nachdem sie nur „lieber St. Aubyn" und ein paar unartikulierte Worte murmelte, war sie wieder still.

Wieder fragte St. Aubyn Laura, ob es möglich sei, dass sie wieder gesund werde, und sie versicherte ihm, dass Ellen schon besser aussehe als noch eine Stunde zuvor. Und schließlich, nachdem er niedergekniet war, ihr einen sanften Kuss auf die Hand gedrückt hatte, die auf der Bettdecke lag, und sein Herz in stillem Gebet für ihre Genesung zum Himmel erhoben hatte, ließ er sich überreden, das Zimmer zu verlassen.

Den Rest der Nacht verbrachte St. Aubyn damit, einige Papiere zu regeln und seinem Testament einige Zeilen hinzuzufügen. Er schloss alles in eine Schublade, versiegelte den Schlüssel und richtete es an Lady Juliana.

Bei Tagesanbruch kam sein Diener, wie bestellt, zu ihm. Diesem treuen Diener erklärte St. Aubyn den Grund für seine so frühe Abreise von zu Hause und überließ das Päckchen für Lady Juliana seiner Obhut, damit es ihr übergeben würde , sollte er nicht sicher zurückkehren. Dann ließ er Jane nach ihrer Dame fragen und hatte das Glück, einen positiven Bericht über sie zu hören. St. Aubyn machte sich dann, nur von einem Diener begleitet, auf den Weg zum Haus von Sir Edward Leicester, dessen Kutsche vor der Tür stand, und sie fuhren sofort nach Wimbledon, wo sie an der in Charles Ross' Brief angegebenen Stelle ausstiegen. Sie sagten dem Kutscher, er solle anhalten und an einem Ort warten, den sie ihm zeigten, und die beiden Freunde gingen eine Zeit lang auf und ab, während sie Ross erwarteten.

Nach etwa zehn Minuten sahen sie ihn näher kommen, aber allein: St. Aubyn tippte nur an seinen Hut und sagte: „Mr. Ross, wo ist Ihr Freund?"

„Mylord", sagte Ross in festem Ton, „ich bin nicht hier, um zu kämpfen, nicht, um die Verletzungen, die ich Ihnen bereits zugefügt habe, zu verdoppeln, sondern um Ihnen jedes Zugeständnis zu machen, das Sie sich wünschen können. Ich habe keinen Freund mitgebracht; ich vertraue meine Ehre und mein Leben bedingungslos in Ihre Hände. Sind Sie bereit, meine Erklärung anzuhören? – Wenn nicht, bin ich bereit, mich Ihrem Feuer zu stellen."

„Ich weiß nicht, Sir", sagte St. Aubyn hochmütig, „was diese plötzliche Änderung Ihrer Gefühle verursacht hat. Dieses Treffen fand auf Ihren eigenen Wunsch statt, und die Beleidigungen, die Sie Lady St. Aubyn gestern zugefügt haben, machen es mir jetzt noch genauso wichtig, wie Sie es waren, als Sie es anberaumten."

„Aber, Mylord", sagte Sir Edward, „hören Sie, Mr. Ross: Wenn diese Angelegenheit ohne Blutvergießen geregelt werden kann, dann sehe ich mich dazu verpflichtet, darauf zu bestehen, dass es so sein soll."

St. Aubyn verneigte sich mit erhabener Miene vor Ross und sagte :

„Gut, Sir, Ihre Erklärung bitte."

Ross ging nun ausführlich auf die Umstände ein, die ihn in die Irre geführt hatten, und erklärte, dass er sich vor St. Aubyn unter dem Namen Mordaunt gefürchtet hatte, als er ihn zum ersten Mal in Llanwyllan sah; dass ihn auf der Station, auf der er das letzte halbe Jahr verbracht hatte, bis etwa einen Monat vor seiner Heimkehr mit seinem Schiff keine Briefe von dort erreicht hatten und er nach London beordert worden war, um eine ebenso unerwartete wie willkommene Beförderung zu erhalten; dass er zufällig bei Mrs. Birtley gewohnt hatte und als er zufällig den Band von Gray Lady fand, den St. Aubyn dort hinterlassen hatte, erkannte er die Initialen „CFM an EP" auf der ersten Seite, die durch die Worte „Lieber Llanwyllan" auf einer anderen Seite bestätigt wurden. Die Antwort, die Mrs. Birtley auf seine ungeduldigen Fragen gab, hatte ihn überzeugt, wer die Mr. und Mrs. Mordaunt waren, von denen sie sprach: Diese Frau hatte ihm auch solche Berichte gegeben, die ihn glauben ließen, dass sie nicht verheiratet waren, und daher sein verrücktes, beleidigendes Verhalten im Theater. Anschließend wiederholte er jedes Wort, das zwischen ihm und Ellen gefallen war, so genau und beschrieb ihr beiderseitiges Erstaunen über ihre so unerwartete Begegnung auf so natürliche Weise, dass St. Aubyn, selbst wenn er vorher gezweifelt hätte, nicht länger hätte zweifeln können.

"Doch", sagte Ross, "so überzeugt, wie sehr ich mich geirrt hatte, konnte ich mich nicht dazu durchringen, mich bei jemandem zu entschuldigen, den ich, wie ich gestehe, hasste, denn er hatte mir die einzige Frau geraubt, die ich je geliebt hatte; doch hatte sie mir nie, nicht einmal in den glücklichen Stunden unserer Jugend, die geringste Hoffnung gegeben, jemals mehr als die Zuneigung einer Schwester von ihr zu erhalten, und selbst das schien manchmal mehr das Ergebnis von Gewohnheit als von Wahl zu sein; denn meine groben und ungehobelten Manieren waren abstoßend, und mein cholerisches und aufbrausendes Temperament erschreckte die sanfte Ellen; doch schmeichelte ich mir immer noch, die Zeit und die zurückgezogene Lage, in der sie lebte und die verhinderte, dass ihre außergewöhnliche Schönheit bekannt wurde, hätten viel für mich tun können; aber von dem Moment an, als sie Mr. Mordaunt kannte, erkannte ich leicht, dass die Hoffnung zu Ende war; und jetzt musste ich nur noch wünschen, dass ich durch die Hand des Mannes fallen könnte, der sie zu dieser Größe erhoben hatte. Ich hätte nichts weiter tun können, als mir etwas für sie zu wünschen; deshalb beschloss ich, meine Verabredung für heute Morgen einzuhalten. Aber gestern erfuhr ich, dass die Beförderung für mich bestimmt war, wurde den Bitten von Lord St. Aubyn entsprochen. Betroffen und beschämt über die niederträchtige Undankbarkeit meines Verhaltens beschloss ich schließlich, jede Erklärung abzugeben, jedes Zugeständnis zu machen. Das habe ich getan, und nun, mein Lord, liegt es an Ihnen, diese Entschuldigung anzunehmen: Wenn Sie sie ablehnen, bin ich bereit, mich Ihrem Feuer auszusetzen, denn niemals werde ich meine Hand für eine so ungerechte Sache erheben und gegen einen Mann, der mir ohne mein Wissen so großzügig zur Seite stand."

„Ich habe Ihnen schon gesagt, Mr. Ross", sagte St. Aubyn, „dass ich Ihrem vortrefflichen Vater zuliebe über Dinge an Ihnen hinwegsehen würde, die ich bei einem anderen Mann sofort verabscheut hätte. Ich bin nicht rachsüchtig, und Duellieren ist gegen meine Prinzipien, auch wenn ich in gewissem Maße gezwungen war , es zu dulden. Es steht Ihnen frei, Sir, sich zurückzuziehen; ich bin zufrieden."

„Ich wage nicht, Mylord", sagte Ross, „zu versuchen, Ihnen für die Freundlichkeit zu danken, die Sie mir in meiner beruflichen Laufbahn erwiesen haben; noch weniger kann ich einwilligen, daraus Nutzen zu ziehen: Ich habe sie von Ihnen nicht verdient, und wenn ich die mir angebotene Beförderung ausschlage, werde ich zu meinem Schiff zurückkehren und England so bald wie möglich verlassen, und ich hoffe für immer."

Dieser Verzicht berührte St. Aubyns Großzügigkeit .

„Diese Beförderung, Mr. Ross", antwortete er, „wurde für Sie auf Ersuchen von Lady St. Aubyn angestrebt, die ihren Freund aus Kindertagen nicht vergessen hatte, und in der Hoffnung, Ihrem überaus würdigen Vater eine Freude zu machen, von dem sowohl meine Frau als auch ich, ebenso wie von Ihrer Mutter und Schwester, viel Freundlichkeit und Freundschaft erfahren haben: Ich muss Sie daher bitten, nicht darauf zu verzichten.

„Im Augenblick ist Lady St. Aubyn infolge der beunruhigenden Szene, die durch Ihren Fehler und meine Unbesonnenheit verursacht wurde, schwer krank. Sollte diese Krankheit tödlich verlaufen" (und seine Lippen zitterten vor Erregung, als er sprach), „dürfen wir uns nie wiedersehen! Sollte sie sich erholen, wie ich hoffe und vertraue, bin ich mit den Erklärungen, die ich erhalten habe, so vollkommen zufrieden, dass es mir nicht leid tun würde, Ihre frühe Bekanntschaft zu erneuern. Für den Augenblick trennen wir uns als Freunde."

Dann verbeugte er sich, nahm Sir Edwards Arm und eilte zu seiner Kutsche. Ross blieb von Scham und Reue überwältigt zurück, weil er einen so großzügigen Mann so behandelt hatte.

Als er Cavendish Square erreichte, fand er Lady Juliana in höchster Angst vor. Als sie ihn beim Aufstehen verpasst hatte und hörte, wie früh er das Haus verlassen hatte, vermutete sie sofort, dass er etwas im Ausland zu tun hatte. Sie hatte nach Sir Edward Leicester geschickt und von den Bediensteten erfahren, dass ihr Herr und Lord St. Aubyn zusammen ausgegangen waren. Immer ängstlicher ging Lady Juliana in schrecklicher Aufregung von Zimmer zu Zimmer, ohne zu wissen, wohin sie schicken oder was sie tun sollte . Kurz nach acht Uhr schickte Laura Lady Juliana durch Jane eine Nachricht, in der sie schrieb, Lady St. Aubyn sei wach und das Delirium sei völlig abgeklungen, aber sie sei so schwach und niedergeschlagen, dass sie kaum sprechen könne, um gehört zu werden. Sie wolle sie und Lord St. Aubyn unbedingt sehen, von dessen liebevollen Fragen sie mit großer Freude gehört habe, und sei bereit, ihn gelassen und ohne in die Vergangenheit zu schwelgen, zu empfangen. Lady Juliana wusste, dass es unmöglich war, sich in Ellens Nähe zu trauen , so aufgeregt sie auch war. Sie befahl Jane daher, ihr auszurichten, dass weder der Graf noch sie selbst auf den Beinen gewesen seien, da sie fast die ganze Nacht aufgeblieben seien. In ein oder zwei Stunden würden sie aber bei ihr sein. Dann versicherte sie dem Mädchen, dass das bedauerliche Missverständnis vom Vortag vollkommen erklärt sei, und befahl ihr, unter den Bediensteten keine Andeutungen darüber fallen zu lassen, was Jane bereitwillig versprach und gewissenhaft befolgte.

Bald darauf kam Doktor B. vorbei, und Lady Juliana teilte ihm ihre Befürchtungen wegen St. Aubyn mit. Er flehte sie an, sich der Gräfin nicht zu nähern, bis ihre Stimmung sich beruhigt habe, und sie auf keinen Fall von schlechten Nachrichten erreichen zu lassen, sollten solche eintreffen. Als er dann das Krankenzimmer besuchte, war er froh, seine junge und schöne Patientin außer Gefahr vorzufinden, wenn auch äußerst geschwächt. Ihre hervorragende Konstitution hatte, unterstützt durch sein Können, über die Krankheit gesiegt, und wenn kein neuer Alarm aufkam, zweifelte er nicht an ihrer vollständigen Genesung: Er hinterließ strenge und wiederholte Anweisungen, dass niemand eingelassen werden sollte, der ihre Stimmung aufhellen könnte, und verließ sie, und als er die Treppe hinunterging, war er erfreut, St. Aubyn sicher und gesund eintreten zu sehen. Der Earl eilte mit den eifrigsten Fragen nach seiner Patientin zu ihm und hörte sich seine positiven Berichte mit dankbarer Freude an.

„Was Lady Juliana betrifft, mein guter Lord", sagte der Arzt, „sie ist kaum bei Sinnen; Sie haben sie fast zu Tode erschreckt. Kommen Sie, lassen Sie mich das Vergnügen haben, Sie zu ihr zu führen und ihr gleichzeitig zu erzählen, wie viel besser es unserer schönen Patientin geht. Danach rate ich Ihnen beiden, sich etwas auszuruhen, denn Ihr Gesicht sagt mir, dass Sie letzte Nacht nicht viel geschlafen haben, und ich verspreche Ihnen, Sie dürfen nicht mit diesem blassen und hageren Aussehen zu Lady St. Aubyn gehen."

Lady Juliana freute sich außerordentlich, St. Aubyn sicher und unverletzt zurückkehren zu sehen. Diese Freude steigerte sich noch, als er ihr offen mitteilte, wo er gewesen war, und welch zufriedenstellende Erklärung er von Ross erhalten hatte, die dieser unschönen Angelegenheit für immer ein Ende setzte .

Am Nachmittag durfte St. Aubyn, der versprach, so gelassen wie möglich zu sein, Ellen für ein paar Minuten sehen. Beide unterließen es, über das Geschehene zu sprechen, denn beide fühlten, dass sie es nicht ertragen konnten, noch einmal darauf zurückzukommen; aber die Wärme und ungekünstelte Zärtlichkeit seines Benehmens versicherte ihr, dass aller Verdacht aus seinem Geist getilgt war; während die liebevolle Sanftheit ihres Benehmens St. Aubyn bewies, dass ihm seine Unfreundlichkeit vergeben war.

Nach wenigen Tagen wurde Ellen für genesen erklärt, obwohl ihre verbleibende Schwäche und Lady Julianas Vorsichtsmaßnahmen sie an ihr Ankleidezimmer fesselten. Dort erfuhr sie nach und nach von ihrer liebevollen Laura alle Umstände, die zu Charles Ross' und St. Aubyns Fehler geführt hatten, und sie musste zugeben, dass in beiden Fällen der Anschein gegen sie gesprochen hatte. Sie war jedoch erleichtert, da alle ihre Ängste beseitigt waren und sie St. Aubyn eine umfassende, wenn auch rührende Erklärung gegeben hatte, der ihr die zärtlichste Versicherung gab, dass jede Eifersucht für immer aus seinem Geist verschwunden sei, und erholte sich nun rasch. Da es jedoch inzwischen sehr warm wurde und sie keinen großen

Grund gehabt hatte, sich in London zu erfreuen, bat sie inständig darum, nach Castle St. Aubyn zurückkehren zu dürfen. Da der Rat ihrer Ärzte mit ihren Wünschen übereinstimmte, wurde der Bitte problemlos entsprochen.

Bevor sie jedoch London verließ, stattete sie mit ihrem Lord der Witwe des Offiziers und ihrer interessanten Familie einen weiteren Besuch ab und sorgte für sie dafür, dass ihnen eine ordentliche Residenz etwas außerhalb der Stadt und die sicheren Mittel für einen komfortablen Lebensunterhalt für den Augenblick zugesichert wurden; denn es war ihre Absicht, mit St. Aubyns Erlaubnis eine Schule und andere nützliche Einrichtungen in der Nähe des Schlosses zu gründen, mit denen sie der Witwe einen Dienst erweisen und sich selbst eine Freude machen wollte, indem sie sie an die Spitze des Dorfseminars stellte. Sie besuchte auch Mr. Dorrington noch einmal und verbrachte eine wunderbare Stunde inmitten seiner Schätze. Dann ließ sie ihren PPC für Lady Meredith und einige andere flüchtige Bekannte zurück und verließ freudig London auf ihrem Weg nach Northamptonshire, begleitet vom Earl (der ihm zärtlicher zugetan war denn je), Lady Juliana und Miss Cecil, wobei Sir Edward Leicester versprach, ihnen sehr bald einen Besuch abzustatten.

Ellen war wahrlich entzückt, noch einmal die reine Landluft zu atmen, und als sie an dem kleinen Gasthof vorbeikamen, in dem sie auf ihrer letzten Reise aus der Stadt Halt gemacht hatten, und einen entfernten Blick auf das Bauernhaus erhaschten, in dem er ihr seinen richtigen Namen und Rang genannt hatte, drückte sie zärtlich St. Aubyns Hand und erinnerte ihn mit einer zarten Träne auf ihrer Wange an den Vorfall.

„Ach, meine Ellen", sagte er, „wir haben beide viel gelitten seit diesem interessanten Moment, aber durch meine Schuld wirst du nie wieder eine Träne vergießen, außer der, die jetzt in deinen Augen glitzert – Tränen der Zärtlichkeit und Zuneigung.

"

KAPITEL X.

Sie fühlt es – es ist ihr Sohn! Mit wilder Verzückung,
in warme Tränen gebadet, von sanften Empfindungen gequält.
Sie drückt ihn an ihre Wange, ihre Lippen, ihre Brust und
blickt mit unersättlichem Blick auf ihr Kind.
Er kennt sie, ganz gewiss! – Ganz gewiss, antwortet er mit seiner
Verzückung ,
lässt ihr wenigstens die visionäre Wonne!
Siehe! Sein klares Auge spricht zu ihrem,
und siehe! Sein kleiner Mund sucht sehnsüchtig nach
Wärme von ihrer Lippe, um den süßen, überfließenden Kuss zu saugen.
Sie hört den stummen Ruf – wie schnell hört das Herz
einer Mutter.

Sothebys Oberon.

Als sie im Schloss ankam, begann Ellen wieder zu atmen; ihre Farbe und ihr
Appetit kehrten zurück und sie erlangte rasch ihre Kräfte zurück und dachte,
sie sei noch nie so glücklich gewesen: Die erneuerte und sogar gesteigerte
Zuneigung ihres Lords, Lady Julianas aufrichtige Verbundenheit und die
angenehme Gesellschaft von Laura Cecil, die ihr Gast blieb (Sir William war
mit Lord und Lady Delamore in Schottland), ließen ihr kaum Wünsche offen.

Diese kleine Gesellschaft erhielt etwa eine Woche später sehr angenehme
Verstärkung durch die Ankunft von Sir Edward Leicester, der Miss Cecil
seine anhaltende Aufmerksamkeit offenbar nicht übel nahm.

Bald nach ihrer Rückkehr nach Castle St. Aubyn trafen Briefe von Mr. Ross
und Joanna ein, die voller Dankbarkeit und Freude über die Beförderung von
Charles waren. Sie sagten kein Wort und schienen auch nichts von den
jüngsten Vorgängen zu wissen, und Lord und Lady St. Aubyn waren froh,
dass er sie nicht verraten hatte. Es schien, dass er durch St. Aubyns
Eingreifen zum Leutnant befördert und mit dem Kommando über eine
kleine Fregatte geehrt worden war und auf Kreuzfahrt ins Mittelmeer
gegangen war. Über diesen letzten Umstand war Ellen nicht traurig, denn
nach allem, was geschehen war, konnte sie sich nicht wünschen, Charles Ross
jetzt wiederzusehen. Daher schien jetzt alles glatt vor ihr zu laufen; und
obwohl ihre Gedanken manchmal zu den früheren geheimnisvollen
Äußerungen St. Aubyns wanderten und sie sich daran erinnerte, dass die Zeit
gekommen war, die er für ihre Aufklärung angesetzt hatte, so hoffte sie doch,
dass alles vorüber war, da sie nichts mehr davon hörte und er jene Anfälle
von Trübsinn verloren zu haben schien, die schon von Beginn ihrer
Bekanntschaft an bei ihm offensichtlich gewesen waren, und dass sie nicht
durch unpassende Neugierde schmerzliche Gedanken in seinem Kopf

wieder aufleben lassen wollte. Aber sie kannte St. Aubyn noch nicht wirklich, außer wenn er durch eine plötzliche Erregung aus der Fassung gebracht wurde: seine Beherrschung seines Gemüts und seines Gesichtsausdrucks war erstaunlich; und niemand, der ihn gelassen, heiter und sogar heiter sah, konnte ahnen, was manchmal in seinem Kopf vorging oder welchen unangenehmen Szenen er jetzt entgegensah. Nicht einmal Lady Juliana wusste, welchen Grund er hatte, mit Besorgnis an die Zukunft zu denken, obwohl sie mit vielem, was ihm früher widerfahren war, sicherlich vertraut war.

Die Familien rund um das Schloss schenkten Lady St. Aubyn bei ihrer Rückkehr jede höfliche Aufmerksamkeit: Viele, die bei ihrem letzten Besuch abwesend gewesen waren, besuchten sie jetzt; und obwohl sie es im Moment ablehnte, an großen Gesellschaften teilzunehmen, schien jeder erfreut, sie wieder unter sich zu sehen. Nicht zuletzt erfreut war Miss Alton, die mit unvergänglichem Charme und unermüdlichen Bekundungen ihrer Hochachtung eifrig kam, um die Rückkehr der bezaubernden Gräfin zu begrüßen, sich über ihre vollständige Genesung zu freuen und ihr zu versichern, wie sehr sie gelitten hatte, als sie hörte, dass sie in London krank sei.

„Und oh, meine liebe Lady St. Aubyn", sagte sie, „denken Sie, wie schockiert ich war, als ich hörte, dass ein unhöflicher Kerl Sie im Theater geärgert hatte und dass Ihr vornehmer Lord deswegen gern ein Duell ausgefochten hätte. Oh, wie dankbar bin ich, dass diese schrecklichen Szenen Ihrer kostbaren Gesundheit nicht noch mehr geschadet haben und dass Sie, wenn möglich, schöner denn je zu uns zurückgekehrt sind."

„Und wer, meine liebe Miss Alton", sagte Laura, die als einzige die Fassung bewahrte, um ihr zu antworten (denn diese vertraute Wiederholung so schmerzlicher Szenen hatte Lady St. Aubyn und Lady Juliana sehr beunruhigt), „wer hat Ihnen diese ganze wunderbare Geschichte erzählt?"

„Oh, es war ein Cousin von mir, der gerade in diesem Moment aus dem Theater kam und mir davon schrieb; und auch, dass die Herren Karten ausgetauscht hatten. Sie sehen also, ich hatte ziemlich viel Autorität."

„Ja", antwortete Lady Juliana mit ihrer üblichen Schärfe, „und sie hat es zweifellos ziemlich gut genutzt. Bitte, Ma'am, hielten Sie es für notwendig, einen Mann und ein Pferd mit dieser amüsanten Nachricht durch die Nachbarschaft zu schicken, oder waren Sie mit Ihren eigenen persönlichen Anstrengungen zufrieden?"

„Liebe Lady Juliana, ich bin sicher, ich dachte nicht, dass es schlimm wäre; ich habe es nur gerade erwähnt –"

„Zweifellos jedem, der Ihnen zuhören wollte. Wenn Sie uns wenigstens die Erzählung erspart hätten, wäre sie genauso feinfühlig gewesen und hätte besser zu Ihren *zärtlichen Gefühlen* für Lady St. Aubyn gepasst."

Die arme Miss Alton war völlig schockiert, als sie feststellte, dass sie die alte Dame, vor der sie große Ehrfurcht hatte, so beleidigt hatte. Sie versuchte vergeblich, sich zu fassen und verabschiedete sich bald darauf, wobei sie sich inständig wünschte, Lady Juliana wäre in London geblieben. Sie sah nämlich voraus, dass ihr der Zutritt zum Schloss jetzt nicht mehr so leicht gewährt werden würde wie damals, als nur die gutherzige Gräfin den Vorsitz hatte. Sie zitterte, weil sie befürchtete, wenn sie in Zukunft nicht vorsichtiger wäre, könnte sie den kleinen Fremden nicht sehen, wenn er ankäme, und in Lady St. Aubyns Gemächern Kuchen essen und kuscheln.

"Sehen Sie", sagte Lady Juliana und richtete sich auf, "sehen Sie, meine Liebe, welche Konsequenzen es hat, wenn man so niederen, ungebildeten Leuten irgendeine Art von Vertrautheit zugesteht! Diese tratschende Frau hätte es nicht gewagt, Andeutungen über das Geschehene zu machen, wenn Sie sie auf gebührende Distanz gehalten hätten: aber die unbefangene Unverschämtheit solcher Leute in diesen degenerierten Zeiten erstaunt mich. In den Tagen der Gräfin von St. Aubyn, meiner Mutter, hätte *sie* kaum mit einer Person wie dieser Miss – wie nennen Sie sie noch?" Denn wenn Lady Juliana stolz oder empört war, hatte sie die große Angewohnheit, jeden Namen zu vergessen, der nicht mit einem Titel versehen war; obwohl sich niemand genauer an die Namen erinnerte, die einen Titel trugen.

„Ach!" dachte Ellen, „wie konnte ich mit so überheblichem Stolz nur hoffen, von der allgemeinen Kritik solcher Leute verschont zu bleiben! Wie glücklich darf ich mich schätzen, ein so lang bestehendes Vorurteil überwunden zu haben."

In der Gesellschaft einiger angenehmer Nachbarn und Lauras stets angenehmer Unterhaltung verging die Zeit bis Ende August friedlich: doch es gab Momente, in denen sich St. Aubyns Gesicht wieder düster zu zeigen schien. Seine Auslandsbriefe trafen häufiger ein, schienen ihn aber nicht zu befriedigen. Mit Ellen vermied er sorgfältig jedes Gespräch über seine Sorgen: denn er fürchtete in ihrem gegenwärtigen Zustand die geringste Beunruhigung und verzögerte mit allen Mitteln die scheinbar schnell näher rückende Krise seines Schicksals, bis ihre Sicherheit sichergestellt war.

Endlich, nach einigen Stunden unruhigen Wachens und der schmerzlichsten Angst, verkündete Lady Juliana ihm die Geburt eines *Sohnes* , der trotz aller Sorgen, die seine Mutter in London durchgemacht hatte, ebenso gut gedeihen würde wie sie selbst. Lady Juliana war ganz hingerissen von diesem Ereignis, dem sie so lange mit Ungeduld entgegengesehen hatte. Es fehlte an nichts, was man mit Geld hätte ausstatten können, um das Kind oder das

Zimmer, in dem es lag, zu schmücken, das ebenso wie das der Gräfin auf ihre Kosten aufs Prunkvollste und Bequemste neu möbliert worden war, denn Lady Juliana hatte darauf bestanden, alles zu bezahlen, was vorbereitet worden war, selbst die elegante, mit gestepptem weißem Satin ausgekleidete Wiege; und nicht einmal Lady Meredith hatte weichere Kissen als jene, auf denen der kleine Erbe ruhte.

St. Aubyn, entzückt von dem lieblichen kleinen Geschöpf und davon, seine Mutter wohlauf zu sehen, schien keinen Wunsch unerfüllt zu haben und ließ keine zärtliche Aufmerksamkeit unbezahlt, die die Gesundheit und das Wohlbefinden seiner Ellen sicherstellen konnte. Als sie sich der Genesung näherte, war Laura Cecil ihre ständige und entzückendste Begleiterin und wusste gut, wie sie die Stunden, die notwendigerweise der Ruhe ihrer eigenen Gemächer gewidmet waren, aufheitern und verschönern konnte. Das Kind war ziemlich zart, obwohl gesund; aber sicher in der Pflege seiner Mutter wurde es jeden Tag stärker, ohne diese Sorgen –

Ach! Was nützt das Damastdach der Wiege,
das Eiderkissen oder der bestickte Stoff?
Oft hört man das vergoldete Sofa, das von den Ebenen verschmäht wird,
und viele Tränen, die die Kissen mit Quasten beflecken!
Keine Stimme stimmt seine Sorgen so süß auf Ruhe ein ,
kein Kissen ist so weich wie die Brust seiner Mutter!
So verzaubert zu süßer Ruhe, wenn die Abendstunden
ihren sanften Einfluss auf himmlische Lauben ausbreiten , schließt
der Cherub, die Unschuld, mit göttlichem Lächeln
seine weißen Flügel und schläft auf dem Schrein der Schönheit.

Darwin.

Gemächer verließ . Es lag deshalb mit seiner Amme in einem kleineren Raum innerhalb des Raums, in dem Lady St. Aubyn schlief.

Ungefähr sechs Wochen nach diesem für alle Beteiligten so interessanten Ereignis hatte sich ereignet, und Ellen war seit einiger Zeit wieder in der Gesellschaft ihrer eigenen Familie, als St. Aubyn eines Tages, gerade als sie mit dem Abendessen fertig waren, erfuhr, dass zwei Herren in einer Chaise und vier Männer gerade angekommen waren, und bat darum, sofort mit ihm zu sprechen. Er verfärbte sich, überwand aber seine Verärgerung und verlangte, man möge sie in sein Arbeitszimmer führen, und er würde zu ihnen gehen. „Wer sind sie?“, sagte Lady Juliana. „Ich wusste nicht, Neffe, dass Sie Gesellschaft erwarten.“ „Vielleicht“, sagte St. Aubyn und wich ihren Fragen aus, „bleiben sie nicht eine Stunde hier, vielleicht bis morgen früh.“ Er verließ hastig das Zimmer, und Ellen war überzeugt, dass diese Fremden die Personen waren, auf die St. Aubyn oft angespielt hatte, dass sie mit dem Geheimnis, das ihn umgab, in Verbindung stünden: Sie zitterte und war bestürzt, bemühte sich aber, so gelassen wie möglich zu bleiben. Wenige Minuten nachdem St. Aubyn das Zimmer verlassen hatte, wurde nach Mr. Mordaunt geschickt; und da er schon seit einiger Zeit invalide war, bat St. Aubyn darum, dass man ihm eine Kutsche schicke, um ihn zum Schloss zu bringen. Ellen ging bald darauf die Treppe zum Kinderzimmer hinauf und begegnete ihm im Flur, gefolgt von seinem Assistenten mit einer Menge Papieren und Pergamenten: Sie verneigten sich und gingen ins Arbeitszimmer. „Oh, jetzt weiß ich", sagte Lady Juliana, die bei ihr war, „wer St. Aubyn bei sich hat: Ich nehme an, es sind Lord De Montfort und sein Vormund und Lehrer, Mr. O'Brien, ein katholischer Priester, die die gesamte Verwaltung des jungen Mannes haben und, wie ich annehme, nun auch die gesamte Leitung seiner Besitztümer übernehmen werden, die bis jetzt unter der Obhut meines Neffen lagen, der durch das Testament seines Vaters zum Vormund des jungen Grafen ernannt wurde, soweit es um sein englisches Eigentum ging, bis er vierundzwanzig war, obwohl seine katholischen Verwandten die Obhut über seine Person hatten. Ich werde mich freuen, wenn St. Aubyn endlich alle seine Angelegenheiten mit dieser Familie geregelt hat. Der Himmel weiß, dass sie ihm schon genug Ärger gemacht haben! Und dieser junge Mann, den ich kenne, hasst ihn. Ich nehme an, er wird keine Stunde bleiben, nachdem die Rechnungen beglichen sind, tatsächlich wäre er überhaupt nicht gekommen, nur Mordaunt hatte alle Angelegenheiten in seinen Händen und war zu krank, um von zu Hause wegzugehen, also war es, so schließe ich, notwendig: das weiß ich, wenn diese Leute hier bleiben, heute Nacht werde ich in meinem eigenen Zimmer bleiben."

Ellen achtete sorgfältig und gespannt auf alles, was sie sagte, doch diese Unterhaltung gab ihr keinen Anhaltspunkt, um die geheimnisvollen Reden von St. Aubyn zu entschlüsseln. Nachdem sie eine Stunde im Kinderzimmer verbracht hatten, kehrten beide Damen ins Wohnzimmer zurück und schickten einen Diener, um zu fragen, ob Kaffee ins Arbeitszimmer gebracht werden sollte oder ob Lord St. Aubyn und seine Gäste sich zu den Damen gesellen würden. Es wurde Tee und Kaffee im Arbeitszimmer bestellt, und Lady Juliana könnte ihre Neugier nicht genug zügeln, um nicht zu fragen, wer bei Lord St. Aubyn war: Vom Diener erfuhr sie, dass die Gesellschaft aus seiner Lordschaft, Mr. Mordaunt, seinem Schreiber und zwei seltsamen Herren bestand , von denen einer älter, der andere jung und anscheinend bei schlechter Gesundheit war. Dies bestätigte ihre Vermutungen, und kurz nach dem Tee zog sie sich in ihr Zimmer zurück, da sie Lord De Montfort nicht sehen wollte, falls er auftauchen sollte, und ließ Ellen und Laura allein, wobei sie ersterer strengstens verbot, nicht zu lange aufzubleiben .

Ellens Angst machte sie etwas schweigsam; und Laura, die nie sehr gesprächig war, verfiel leicht ihrer gegenwärtigen Laune, so dass eine Zeit lang kaum Gespräche zwischen ihnen stattfanden. Laura war mit dem Netzwerfen beschäftigt und Ellen versuchte zu zeichnen; aber ihre Hand war zittrig und ihre Aufmerksamkeit war geteilt. Als sie also merkte, dass es ihr nicht gelingen würde, warf sie ihren Bleistift hin und lauschte schweigend einem lauten Äquinoktialwind, der herumheulte und mit einem „Gemurmel, das dem Rauschen des Ozeans an seinen rauschenden Ufern nicht unähnlich war", die alten Bäume, die in der Nähe des Hauses wuchsen, erschütterte. Ein eisiges Gefühl beschlich sie unmerklich, und schließlich, um die melancholische Stille des Raumes zu brechen, sagte sie, anstatt zu sprechen, „es ist eine raue und kalte Nacht."

„Ja", sagte Laura , und sie traten beide näher ans Feuer.

„Kennen Sie Lord De Montfort?", fragte Ellen.

„Ich habe ihn als Jungen gesehen", antwortete Laura, „und glaube, ich werde ihn wiedererkennen, obwohl sechs oder sieben Jahre in seinem Alter eine große Veränderung darstellen."

„War er gutaussehend?"

„Ja, aber nicht so sehr wie seine Schwester."

"Ist er wie sie?"

"Ein wenig, aber von dunklerer Hautfarbe: Ihre hatte ein klares, lebhaftes Braun, dunkle, haselnussbraune Augen, voller Temperament und manchmal sogar voller Verachtung, eine griechische Nase, volle Lippen, die oberen ein wenig gekräuselt, was ihrem Gesicht ein hochmütiges Aussehen verlieh; Edmund war dünner, blasser und seine Augen hatten einen sanfteren Blick."

„Ist er Edmund?"

„Er hat eine lange Liste von Namen, nach spanischem Brauch; aber seine Schwester nannte ihn immer Edmund, den Namen seines Vaters."

ihn sehen werden ? "

„Natürlich – das nehme ich an", sagte Laura etwas überrascht. „Es ist zu spät für ihn, das Schloss heute Abend zu verlassen, und er wird Ihnen ohne Zweifel seine besten Wünsche übermitteln, bevor er abreiste."

„Ich glaube", antwortete Ellen, „dass sich St. Aubyn und Lord De Montfort nicht besonders gut verstehen, nachdem, was Lady Juliana gerade sagte, und dass ich deshalb daran zweifelte, ob er über Nacht bleiben würde."

„Das mag sein", sagte Laura, „aber wenn die beiden nicht entschieden verfeindet sind, wird der junge Mann es nicht vermeiden können, Sie zu sehen."

Kurz nachdem das Abendessen ins Zimmer gebracht und den Herren angekündigt worden war , kam St. Aubyn in Begleitung von Mr. Mordaunt und Mr. O'Brien in die Bibliothek, wobei er letzteren den Damen vorstellte. St. Aubyn sah blass aus und seine Manieren hatten etwas von seiner üblichen Gelassenheit verloren. O'Brien war ein ernster, respektabler alter Mann irischer Abstammung, der jedoch in einem Kloster im Ausland aufgewachsen war und nur unvollkommen Englisch sprach.

„Ich werde ins Arbeitszimmer zurückkehren", sagte St. Aubyn, „und noch einmal versuchen, Lord De Montfort zu einer Erfrischung zu überreden. Sie erinnern sich an De Montfort, Miss Cecil? − Er ist mein anderer Gast, aber er beruft sich auf Müdigkeit und Abneigung, jemanden zu empfangen, und lässt sich nicht dazu bewegen, auch nur ein Glas Wein zu trinken. Ich werde noch einmal versuchen, ihn zu überreden, sich Ihnen anzuschließen."

„Das hoffe ich jedenfalls, Mylord", sagte Ellen. „Wenn er schon ermüdet ist, braucht er umso mehr Erfrischung."

„Meine Liebe", sagte St. Aubyn, „würden Sie so freundlich sein und Betten für Lord De Montfort und Mr. O'Brien vorbereiten lassen? Sie bleiben diese Nacht hier."

Dann verließ er das Zimmer, und Ellen klingelte und bat darum, Mrs. Bayfield in ihr Ankleidezimmer zu schicken . Wenige Minuten später ging sie selbst dorthin, um Anweisungen bezüglich der Betten zu geben. Als sie an der Tür des Arbeitszimmers vorbeiging, die nicht ganz geschlossen war, hörte sie St. Aubyn deutlich sagen :

„Um Himmels Willen, De Montfort, lassen Sie sich überzeugen; tun Sie mir kein so grausames Unrecht an! Warum verurteilen Sie mich bloß aufgrund des Anscheins?"

Ellen ging hastig weiter und hörte, wie St. Aubyn die Tür ziemlich heftig schloss. Das Licht, das sie bei sich trug, hatte sie vielleicht gewarnt, dass ihn jemand belauschen könnte.

In ihrem Ankleidezimmer traf sie Mrs. Bayfield und war sofort von ihrem blassen Gesicht und ihrem aufgeregten Aussehen beeindruckt.

„Mein guter Bayfield", sagte Ellen, „ich habe nach Ihnen geschickt, um Sie zu bitten, sich die für die fremden Herren vorbereiteten Zimmer anzusehen. Aber Sie sehen krank aus. Gehen Sie bitte zu Bett. Jane soll mit den Hausmädchen gehen und nachsehen, ob alles in Ordnung ist."

„Ich bin nicht krank, Mylady", sagte Mrs. Bayfield, „aber ein flüchtiger Blick, den ich gerade auf Lord De Montfort erhaschte, und der Ton seiner Stimme erinnerten mich an so viele schmerzliche Ereignisse −"

Sie hielt inne, seufzte und die Tränen liefen ihr über die Wangen, als sie hinzufügte:

„Ich wünschte, er wäre nicht hierhergekommen. Ich wünschte, er wäre nach Spanien zurückgekehrt. Ich kann es nicht ertragen, ihn zu sehen."

„Vielleicht berührt Sie seine Ähnlichkeit mit Ihrer verstorbenen Frau, mein guter Freund?", sagte Ellen.

„Oh nein, Madam, das ist es nicht. Er ist ihr zwar ähnlich, aber das ist es nicht. Ich fühle mich so unwohl, wenn ich ihn sehe. – Er liebt meinen Herrn nicht, und doch liebte er ihn. Aber verzeihen Sie mir, Madam, ich vergesse mich selbst: Würden Sie, Ladyschaft, mir jetzt bitte Ihre Befehle erteilen?"

„Ich überlasse alles Ihrer Obhut, mein guter Bayfield. Ich nehme an, die Herren werden gern nah beieinander sein: Die beiden Zimmer am Ende der Galerie, in denen ich schlafe (ich meine die Zimmer neben dem, in dem Ihr Lord derzeit schläft), werden ihnen am besten passen, denke ich: Sorgen Sie dafür, dass sie gute Feuer haben, denn es ist kalt heute Nacht: Der Wind ist wirklich beängstigend."

„Eure Ladyschaft sollte sich besser noch einen Schal um die Schultern wickeln: Auf der Treppe ist es kalt."

Ellen dankte ihrer fürsorglichen alten Freundin und kehrte zur Firma zurück.

Fußnoten

[A] Eine Tatsache.

[B] Es wird gesagt, dass die einst so schöne Lady C—— auf ihrem Sterbebett einer neben ihr sitzenden Freundin gegenüber klagte, dass ihr kleiner Junge, der damals im Zimmer war, *nie erfahren würde, was für ein schönes Geschöpf seine Mutter war*. „Sie spürt die herrschende Leidenschaft noch im Tod!"

ENDE VON BAND II.

www.ingramcontent.com/pod-product-compliance
Lightning Source LLC
LaVergne TN
LVHW091205180726
843490LV00007B/2599